簡明現代英文法

（下）

謝國平　Tse Kwock-ping

國立臺灣師範大學英語系學士
國立臺灣師範大學英語研究所碩士
美國南加州大學語言學博士
國立臺灣師範大學英語系、英語研究所教授

三民書局印行

國家圖書館出版品預行編目資料

簡明現代英文法／謝國平著.－－初版九刷.－－臺
北市：三民，2004
　　2冊：　　面；　　公分
　　ISBN 957－14－0012－2（套）
　　ISBN 957－14－0013－0　（上冊）
　　ISBN 957－14－0054－8　（下冊）

　　1.英國語言—文法

805.16/8255　　V.2

網路書店位址　http://www.sanmin.com.tw

© **簡明現代英文法（下）**

著作人　謝國平
發行人　劉振強
著作財
產權人　三民書局股份有限公司
　　　　臺北市復興北路386號
發行所　三民書局股份有限公司
　　　　地址／臺北市復興北路386號
　　　　電話／(02)25006600
　　　　郵撥／0009998－5
印刷所　三民書局股份有限公司
門市部　復北店／臺北市復興北路386號
　　　　重南店／臺北市重慶南路一段61號
初版一刷　1990年2月
初版九刷　2004年2月
　編　號　S 800480
　基本定價　肆元肆角
行政院新聞局登記證局版臺業字第○二○○號

ISBN　957-14-0054-8　（下冊：平裝）

序

　　這是一本專為我國高中高職及大專院校學生編寫的英語文法書。
為配合這些中等程度學習者的需要，本書在編寫過程中，特別以下列
各項為方針：

一、　文字力求簡明，使學生易懂易記。

二、　參考最新資料，以符合現代英語文之情形。

三、　注重社會語言學及語用學之原理原則，對不同的體裁及
　　　場合中所使用的結構或詞語加以詳述，務期反映英語文
　　　之使用實況，使學生瞭解文法結構與社會語言因素之互
　　　動關係。

四、　編寫足夠的習題，以增強各種文法概念及用法之學習。

　　編者從事英語教學及文法譯介多年，但獨立編寫英語文法書則為
初次嘗試。因此，雖然兢業從事，小心撰寫，疏漏之處，定所難免，
尚祈使用本書之教師、學生，以及學者專家不吝指正為感。

謝國平謹誌

臺北師大英語系　七十八年七月

主要參考資料

Aronson, Trudy. *English Grammar Digest.* Englewood Cliffs, New Jersey: Prentice-Hall, Inc., 1984.

Jesperson, Otto. *A Modern English Grammar: On Historical Principle.* Vol.1-Vol.7.

Marcellar, Frank. *Modern English: A Practical Reference Guide.* Englewood Cliffs, New Jersey: Prentice-Hall, Inc., 1972.

Murphy, Raymond. *English Grammar in Use.* London: Cambridge University Press, 1985.

Quirk, Randolph, Sidney Greenbaum, Geoffrey Leech, and Jan Svartvik. *A Grammar of Contemporary English.* London: Longman, 1972.

Quirk, Randolph, Sidney Greenbaum, Geoffrey Leech, and Jan Svartvik. *A Comprehensive Grammar of the English Language.* London: Longman, 1985.

Swan, Michael. *Practical English Usage.* Oxford: Oxford University Press, 1980.

Swan, Michael. *Basic English Usage.* Oxford: Oxford University Press, 1984.

Thompson, A. J., & A. V. Martinet. *A Practical English Grammar.* 4 th edition, Hong Kong: Oxford University Press, 1986.

Wren, P. C. and H. Martin. *High School English Composition*. Bombay: K. & J. Cooper, 1962.

簡明現代英文法（下）　目次

第三章　引導詞 It 與 There(Anticipatory It and There)

第四章　形容詞(Adjectives)

第五章　副詞(Adverbs)

第六章　關係子句(Relative Clauses)

第七章　不定詞(Infinitives)

第八章　分詞(Participles)

第九章　動名詞(Gerund)

第十章　介詞(Preposition)

第十一章　連接詞與子句(Conjunctions and Clauses)

第十二章　條件句與假設句(The conditional and The Subjunctive)

第十三章　基本溝通功能的表達(Expressing Basic Communicative Functions)

第十四章　直接引述與間接引述(Direct and Indirect Speech)

第十五章　介副詞與片語動詞(Adverbial Particles and Phrasal Verbs)

第十六章　連接兩句簡單句時語詞之省略 (Abridgements in Combining Simple Sentences)

第一章

中心定詞：a／an、the、this、that、some、any 等 (Central Determiners: a／an, the, this, that, some, any, etc.)

1.1 「定詞」簡介(A Brief Note on Determiners)

英語文法中，修飾名詞的詞類是形容詞，形容詞是一「開放性」的大詞類(open word class)，經常可以有新的形容詞產生。然而，英語還有一些語詞，也置於名詞之前，對其語意加以限制（也可以說是廣義的「修飾」），這些語詞包括冠詞(a、an、the)、指示形容詞(this、that 等)、不定形容詞(some、any、every 等)，其他如 half、all、many、few 以及數詞(first、second、two 等)。這些語詞雖然像形容詞一樣置於名詞前面，但與形容詞很不相同的地方是，這些語詞是一組數目不多的「封閉性」的語詞(closed word class)，我們不可能創造新的冠詞或指示形容詞的；另外一點是，形容詞可以用程度副詞 very 修飾，如 very quiet、very sick、very good 等，但上述這幾類語詞除了 many、few 等以外，大多數都不可用 very 來修飾，我們不可說*very the、*very a、*very this、*very any。❶

因為這些語詞在文法上具有上述的共同特性，所以文法學家把它們合稱為「定詞」(determiners)，表示這些語詞可對名詞的語意（特

別是其指稱 reference)加之以某些「限制」，例如 a car 中之名詞 car 並無特指，可以是任何一部車子，但 the car 中的 car 則是指特定的某一部汽車。

定詞可以不只使用一個，按照其位置順序，定詞可分爲「前定詞」(predeterminers)、「中心定詞」(central determiners)及「後定詞」(postdeterminers)三種。❷例如：

All   *the*   *other* students have arrived.

前定詞 中心定詞 後定詞

本章重點在中心定詞，特別是冠詞(articles)。至於前定詞及後定詞，我們在第二章中討論。

1.2 冠詞(Articles)

在所有定詞中，屬於中心定詞的「冠詞」可算是使用頻率最高的語詞。冠詞有「定冠詞」(definite article) *the*，「不定冠詞」(indefinite article) *a*、*an*，以及「零冠詞」(zero article)，亦即在某些情況下不使用冠詞（有些文法書以 φ 來表示零冠詞）。

這三種冠詞的特性及用法都與名詞的單複數、可數與否，及是否有特指(specific reference)有關。冠詞的使用法很複雜，而且因爲中文裏沒有與英文冠詞完全相同的詞類及用法，中國學生在這方面遭遇的困難特別多，學習者應利用多次的習題及實例寫作，方能期盼熟悉並掌握冠詞的用法。然而，在一切冠詞用法規則之前，我們不妨先記住一項通則：「可數單數普通名詞（亦即非抽象或物質名詞）之前一定要使用冠詞。」因此，＊Child is here.＊Book is mine. 是不合文法的句子。這通則雖然不能告訴我們該使用哪種冠詞，但至少能提供我

們初步的警覺, 減少犯錯的機會。❸

1.2.1　定冠詞：the(Definite Article: the)

定冠詞 the 有下列各種用法：

1.2.1.1.　**定冠詞表示特指**(Definite Articles Denoting Specific Reference)

the 置於名詞前面時, 表示這名詞是有特定指稱, 亦即是指說話者與聽話者所共知的, 或是在說話當時的場合中可以知道的人或事、物。因此, the 稱爲「定冠詞」(definite article)。這種用法可用於人或事、物、單數或複數。例如： the boy(特指的一個人), the students(特指的一群人), the book (特指的一件事物), the books (特指的一些事物), the honor (特指的抽象概念), the fears (特指的一些抽象概念)。

定冠詞所「限定」的名詞通常還可以帶單字修飾語 (置於名詞之前, 冠詞之後) 或片語修飾語 (置於名詞之後)。而該名詞往往因爲這些修飾語而使聽者更易「辨認」其特定的指稱(definitness)。例如：

the tall boy　高的那一個男孩 (不是任何一個)

the book on the desk　桌子上的那本書(不是地板上的那一本, 也不是任何一本)

The 這種特別指稱用法常涉及說話者與聽話者所共知的人或事物, 可細分爲以下幾種：

(1)　在說話即時情況中可以辨認／知道的特別事物前面, 以 the 表示其特指。例如：

1. *The steak* smells good.　這牛排聞起來不錯。（在餐桌前說這句話，指的是桌上的那塊牛排）

2. *The lecture* this morning was very interesting.　今天上午的演講很有趣。（一位學生對另一位同學說這句話，指的是學校今早所安排的（也是兩人都知道的）那場演講）

3. *The boys* over there are my students.　那邊的那些男孩子是我的學生。（聽者在說話當時可以看見的一群男孩子）

4. Have you fed *the dog*?　你餵了狗沒有？（在家中說這句話，指的是家裡所養的那隻狗）

(2)　the 用於說話者與聽者所有的一般共識，通常是指比較大或廣泛的情境。例如：

　　the President　總統（指說話者與聽者所同屬的國家的元首）

　　the Pope　教宗（世界上只有一位天主教的教宗）

　　這用法常表示一種獨一無二的人或事物，如一國只有一元首。其他的例子如：

the North Pole　北極	the universe　宇宙
the earth　地球	the Church　教會
the sky　天空	the stars　星
the moon　月亮	

注意：下列成語中 earth 之前不加 the，(what) on earth（究竟，到底），come back to earth（回到現實），down to earth（實事求事，實際）。

(3) the 用來指前／上文所述說過之人或事、物。這是 the 最常用的用法之一。例如：

1. Mary wrote *a book* last year, but *the book* didn't sell well.　Mary 去年寫了一本書，但是那本書銷路不好。

2. Tom bought *a radio* and *a TV set*, but he returned *the radio* to the shop.　Tom 買了一部收音機和一部電視機，但他把收音機退回店裏去。

(4) 前／上文並無直接述說，但可從其中間接推斷之人或事物，也可用定冠詞 the。例如：

1. Alice bought *a* new *refrigerator*, but *the cooling system* didn't work.　Alice 買了一臺新電冰箱，但冰箱的冷凍系統是壞的。

2. Father bought me *a* second-hand *motorcycle*, but when I rode it one of *the wheels* came off.　爸爸給我買了一輛二手摩托車，但我要騎它時，其中一個輪子就掉落了。

3. We attended *a wedding* yesterday. *The bride* was very young but *the bridegroom* was very old.　我們昨天參加一個結婚典禮。新娘很年青，新郎却很老。

　　上面例句中，定冠詞所限制的名詞並沒有直接出現在前／上文裏，但却可以間接推斷而知。冰箱一定有冷凍系統，摩托車一定有輪子，婚禮當然也少不了新娘和新郎。

(5)　以後位修飾語(post-modifier, 特別是片語及子句)所修飾的名詞，常以定冠詞 the 表示其特指。例如：

1.　*the* boy *over there*　　在那邊的那個男孩子

2.　*the* motorcycle (*that*) *my father gave me*　　我父親給我的那輛摩托車

3.　*the* President *of the Republic of China*　　中華民國的總統

(6)　在表示人類生活上或社會中一些我們常去的場所、機關、交通或通訊方式等名詞之前，我們也用定冠詞 the。例如：

1.　John goes to *the theater* every week.　　John 每星期都上電影院。

2.　She likes to listen to *the 7 o'clock news* on *the radio*.　　她喜歡聽收音機上的七點鐘新聞。

3.　He took *the train* to Taichung.　　他坐火車到臺中。

4.　I'll talk to him over *the telephone*.　　我會在電話裏跟他談談。

5.　He is not going to say anything to *the press*.　　他不會對新聞界說任何的話。

其他的例子如 the television(電視)、the paper(s)(報紙)、the bus (公共汽車)、the plane (飛機)、the mail (郵政) (英式美語 "the post")等。

(7)　邏輯上獨一的指稱常用定冠詞 the。最常見的是 the first、the last、the next、the same、the only, 以及最高級形容詞 the best、 the worse、the smallest、the largest 等。例如：

1. She is ***the only girl*** in our class.　她是我們班上唯一的女孩子。

2. John and I have ***the same interest.***　John 和我有相同的興趣。

3. We have to wait for ***the next bus.***　我們必須等下一班公車。

(8)　在介詞與表示身體部分的名詞之間，常用定冠詞 the。例如：

1. Tom hit me ***on the forehead.***　Tom 打我的前額。

2. He punched me ***in the ribs***.　他打我的肋骨。

3. Larry pulled her ***by the hair***.　Larry 拉她的頭髮。

4. He patted me ***on the shoulder***.　他拍拍我的肩膀。

5. He kissed her ***on the cheek***.　他吻她臉頰。

1·2·1·2.　定冠詞表示泛指(Generic Use of the Definite Article)

The 可以表示泛指／稱的人或事物，但這用法並不十分普遍。❺

(1)　與單數名詞連用時，是以單一個體代表全類（整體）。例如：

1. ***The wheel*** is one of the most important inventions in human history.　輪子是人類歷史上最重要的發明之一。（泛指所有輪子）

2. He plays ***the piano*** well.　他鋼琴彈得很好。（泛指鋼琴這種樂器）

3. ***The tiger*** is a carnivorous animal.　老虎是食肉的動

物。（泛指老虎這種動物）

注意：the 表示泛指時，常用在正式體裁中，而語氣也比較文言。

(2) the 與複數名詞連用而表示泛指時，主要用於以下兩種情形：

(A) 與表示國籍或種／民族的名詞連用，泛指該國／民族（或種族）的人。例如：the Chinese（中國人），the Americans（美國人）等。

(B) the＋形容詞，成為語意為複數的名詞組，與複數動詞連用，泛指具有該形容詞屬性的人。例如：

the young	年青人	the blind	盲人
the poor	窮人	the under-privileged	窮人
the rich	有錢人	the unemployed	失業者
the old	老人	the elderly	年長(老)者
the brave	勇者	the weak	弱者

1.2.1.3. 定冠詞 the 與抽象名詞

英語中的抽象名詞視其可否「個別化」，而有可數與不可數之分，典型的可數抽象名詞如 meeting, meetings；discovery, discoveries。典型的不可數抽象名詞如 honesty、sleepiness、happiness 等。當然，也有些抽象名詞兩種用法都有。例如 Tom showed us much kindness.「Tom 對我們很親切。」Tom showed us many kindnesses.「Tom 對我們很親切（做了很多親切的舉動）。」又如 revolution「革命」（概念），a revolution「一次／場革命」（一次行動）。

不可數的抽象名詞泛指時不加冠詞。例如:

1. *English* is my favorite subject. 英文是我喜愛的學科。

2. *History* is her favorite subject. 歷史是她喜愛的學科。

不可數抽象名詞加前位修飾語(pre-modifier, 通常是置於名詞前面的單字修飾語) 時, 通常也不加冠詞。例如:

3. He wants to study *Chinese history*. 他想研究中國歷史。

但如果用與前位修飾語同義的後位修飾語來修飾時, 則要加 the。例如:

4. He wants to study *the history of China*. 他想研究中國歷史。

其他的例子如:

5. medieval art: *the* art of the Middle Ages 中世紀的藝術

6. human evolution: *the* evolution of man 人類的進化

7. 16th century literature: *the* literature of the 16th century 16 世紀的文學

8. Oriental philosophy: *the* philosophy of the Orient 東方的哲學

1.2.1.4. 定冠詞 the 與專有名詞

雖然英語的專有名詞原則上不帶冠詞, 但有些專有名詞前面要加

定冠詞 the。

(1)　依結構來看，這些帶 the 的專有名詞可分為以下幾類：

(A)　不帶任何修飾語，例如：

the Bible　聖經　　　　the Koran　可蘭經

the Pentagon　五角大廈　the Kremlin　克里姆林宮

(B)　帶前位修飾語，例如：

the *American* Civil War　美國內戰（南北戰爭）

the *English* Channel　英倫海峽

the *British* Broadcasting Corporation（the BBC）　英
　國廣播公司

the *Suez* Canal　蘇彝士運河

the *Ford* Foundation　福特基金會

the *Asian* Foundation　亞洲基金會

(C)　帶後位修飾語，例如：

the Department *of English*　英語系

the University *of Southern California*　南加州大學

the Gulf *of Mexico*　墨西哥灣

(D)　原名的省略形式，例如：

the Pacific（Ocean）　太平洋

the Mediterranean（Sea）地中海

the（River）Thames 泰晤士河

(2) 上面(1)之描述可幫助我們了解這些專有名詞結構上的特性。此外，依名詞的語意分類可以幫助我們記憶。帶定冠詞 the 的專有名詞依語意可分以下幾類：

(A) 複數名詞，特別是群島、山脈、湖泊等。例如：

the Philippines 菲律賓群島

the Bahamas 巴哈馬群島

the Alps 阿爾卑斯山脈

the Rockies 洛磯山脈

the Andes 安地斯山脈

the Himalayas 喜馬拉雅山脈

the Great Lakes 美國北方的五大湖

另外，the Netherlands 荷蘭

(B) 其他的地理名詞，例如：

河流：the Thames 泰晤士河， the Yangtze River 揚子江（長江）， the Rhine 萊茵河， the Potomac 波多馬克河

海洋：the Atlantic Ocean 大西洋， the Pacific Ocean 太平洋， the Black Sea 黑海， the Baltic Sea 波羅的海

運河：the Suez Canal 蘇彝士運河，
the Panama Canal 巴拿馬運河

其他：the Gulf of Mexico 墨西哥灣，　the Cape of Good
Hope 好望角，　the Malay Penisula 馬來半島，
the Persian Gulf 波斯灣，　the Sahara Desert 撒哈
拉沙漠，　the Far East 遠東，　the North Pole 北
極，　the South Pole 南極

(C)　公共機構、設施等，例如：

旅館、餐廳等：the Grand Hotel（飯店名），the Waldorf
Astoria（餐廳名）

劇院、戲院等：the Globe Theater

博物館、圖書館：the British Museum 大英博物館，　the
Library of Congress 美國國會圖書館

其他：the White House 白宮，　the Empire State Build-
ing 帝國大廈，　the Washington Monument 華盛
頓紀念碑

(D)　船、飛機等名稱，例如：

the Titanic 鐵達尼號，　the Queen Elizabeth 依利莎白皇
后號，　the Spirit of St. Louis 聖路易精神號

(E)　報章、雜誌等，例如：

The New York Times 紐約時報，　The United Daily
News 聯合報，　The Linguistic Reporter 語言學報導月刊

(F)　其他，例如：

the Tang Dynasty 唐朝，　　the British Empire 大英帝國，

the Rotary Club 扶輪社，　　the Y.M.C.A.基督教青年會

注意：以上之用法常有例外，學習者應多從廣泛的閱讀中去學習
並熟記。

1.2.2　不定冠詞：a／an (Indefinite Article: a／an)

不定冠詞有兩種形式，an 用於母音（發音）起始之名詞前面，a
則用於子音（發音）起首之名詞前面。a／an 只與單數可數名詞連用。

不定冠詞 a／an 主要用法如下：

**1.2.2.1　a／an 表示其後面之名詞並無特別指稱，亦即在說話者與聽
者之共識之中，無法清楚地辨認出該名詞所指爲何人或事物。
因此，a／an 最常用於第一次提及的名詞前面。例如：**

1. I bought *a book* yesterday. *The book* was inter-
esting.　我昨天買了一本書，那本書很有趣。

2. I really want to see *a good movie*.　我眞的想看一場
好電影。

說話者第一次提到 *book* 時，聽者是不知所指是哪一本書，因此用
不定冠詞 a。到第二次提起時，說與聽雙方都知道談及特定的一本書
（昨天買的一本）了，因此用定冠詞 *the book*。在例句 2 中，*a good
movie* 更是連說話者也都不知 movie 確實是指哪一場電影。

另外，在表示描述性質的補語名詞前面，也常用 a／an。例如：

3. Nancy is *a nurse*.　Nancy 是一位護士。

4. We considered him (to be) *a nice person*.　我們認
爲他是一個好人。

例 3 及 4 中之 nurse 及 person 並不特指哪一個人，而只是描述 Nancy 與 him 是哪一類人。

1.2.2.2 a／an 與 one

從語言歷史來看 a／an 從 one 演變而來。在現代英語中，a／an 仍保有這「數目」上的語意。因此，one 常可以取代 a／an，但 one 的語氣比 a／an 略為強。例如：

1. He has two sons and *a daughter.*

    He has two sons and *one daughter.* 他有兩個兒子和一個女兒。

2. a mile or two; one or two miles 一或二英哩

3. a foot and a half; one and a half feet 一呎半

4. I can finish this in *a week.*

    I can finish this in *one week.*

    我可以在一週內做完這事。

表示數目「一」之意的不定冠詞常用於以下的用語；a hundred、a thousand、a million、a dozen、a quarter 等。另外，a／an 也用於以下的數量詞語裏：a few、a great many、a large 、number of、a little 等。

但請注意：泛稱的 a／an 不能用 one 取代。例如 A cat is a domestic animal 一句中，A cat 不可以用 One cat 來取代。

1.2.2.3 a／an 的泛指用法

a／an 可泛指全類中任何一份子。例如：

1. *A tiger* is a carnivorous animal. 老虎是肉食的動

物。（泛指任一隻老虎）

2. *A sonnet* is a 14-line poem.　商籟詩是含有十四行的詩。（泛指任何一首）

1.2.2.4　專有名詞當普通名詞使用時，加不定冠詞 a／an，表示具有類似這個人的特性或名字如此的人。例如

1. *a* Shakespeare　一位像莎士比亞的作家
2. I used to know *a* John Smith.　我過去認識一位名叫 John Smith 的人。

1.2.2.5　a 與 an 可表示 "per（每）" 之意

1. I walk three miles *a* day.　我每天走三英哩。
2. We are flying at 500 miles *an* hour.　我們正以每小時 500 哩（的速度）飛行。

1.2.2.6　a 與 an 用法之分別

前面我們提到 *an* 用於母音（發音）起首之名詞（或其他詞類）前面，而 *a* 用於子音（發音）起首之名詞（或其他詞類）前面。這都是以發音為依據。因此，我們切勿受拼寫所影響。所幸大多數情況下，都不易混淆，例如 an apple、an orange、an interesting person、an uninteresting story、an exciting game、a boy、a girl、a secretary 等。然而，我們要注意下列幾點：

⑴ 首字母為 o 但發音為 [w]，用 a。例如：

　　a one-eyed cat 獨眼的貓，　*a* one-sided story 片面的說

法，*a* one-way street 單行道，*a* one-man boat 單人操作的小艇

(2) 首字母為 u、eu、ew 但發音為 [j] 者，用 a。例如：

a university 大學，*a* European 歐洲人，*a* ewe 母羊，*a* useful tool 有用的工具

(3) 首字為不發音的 h，後接母音者，用 an。例如：

an hour 一小時，*an* heir 繼承人，*an* honest man 誠實的人

(4) 發音以母音為首的字母、數字、略語等，用 an。例如：

an 8、*an* h、*an* n、*an* f、*an* M.A. degree 文學碩士學位。(這些字的發音是：8 [et]、h [etʃ]、n [ɛn]、f [ɛf]、m [ɛm])

1.2.3 零冠詞 (Zero Article)

名詞前面不用冠詞時，稱為零冠詞。在大多數的專有名詞與不可數名詞前面，不用冠詞。除此之外，零冠詞也用於以下情形：

(1) 複數名詞或單數不可數名詞用於泛指時用零冠詞，例如：

1. *Tigers* are carnivorous animals. 老虎是肉食動物。

2. *Cigarettes* are bad for our health. 香菸有害我們的健康。

3. *Oil* is lighter than *water*. 油比水輕。

(2)　school、church、town、hospital、bed、class 等詞語前面，特別是表示這些語詞之活動或功能，而不表示其場所時，用零冠詞。例如：

1.　He goes to *church* every Sunday.　他每星期天都上教堂（做禮拜）。

2.　She is still in *bed*.　她還在睡。

3.　We go to *school* in the morning.　我們早上上學。

4.　*School* begins at 8:30 in the morning.　早上八點半開始上課。

5.　He went to *college* at the age of twenty.　他二十歲上大學。

6.　She is in *hospital*.　她住院（就醫）。

7.　We are in *class* now.　我們正在上課。

8.　He is in *jail* (prison).　他坐牢。

9.　He plans to go to *sea*.　他打算當海員。

10.　We are going to *town*.　我們到城區去。

試比較以下例句：

11.　He lay down on *the* bed.　他躺在那張床上。

12.　She visited *the* school last week.　上週她訪問那所學校。

13.　They are redecorating *the* hospital.　他們正在裝修那所醫院。

14.　She'll wait for us at the gate of *the* college.　她會在那所學院的大門口等我們。

15.　*The* town is very old.　這市鎮很古老。

(3)　在 by 後面表示交通或通訊方式的名詞前，用零冠詞，例如：

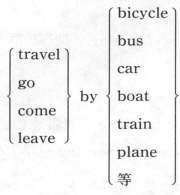

communicate by
- radio
- telegram
- telephone
- telex「電傳(打字)」
- mail（美式英語）
- post（英式英語）
- satellite
- 等

1.　We'll go **by plane**.　我們會坐飛機去。

2.　I will inform you of our decision **by telephone**.
我會把我們的決定用電話告訴你。

3.　She will send the book to you **by airmail**.　她會把
這本書用空郵寄給你。

(4)　在介詞 at、by、after 及 before 後面表示一天當中某個時間的
名詞前用零冠詞。例如：

at dawn／at daybreak　黎明, 破曉

at sunrise　日出（美式英語也可說 sunup）

at sunset　日落（美式英語也可說 sundown）

at noon　中午

at midnight　午夜

at dusk　黃昏

at twilight　黃昏

at night　晚上

by day ／ by night　白天（日間）／晚上（夜間）

(by) day and night　日夜

before dawn　黎明以前

after dark　天黑以後

before／after midnight　半夜以前／後

He (had) finished all his work *befor morning* came.

　　　他在早晨以前把所有工作做完。

　另外，如 all day（整天）、all night（整夜）、day by day（每天）、day after day（日復一日，天天）等成語中，也用零冠詞。

　注意: 以下情形則要用定冠詞 the。

　　　in the morning,　　　*in the* evening,

　　　in the afternoon,　　　*during the* day,

　　　during the morning,　　*all through* the night

　　　We love to watch *the* sunrise.　我們喜歡看日出。

(5)　表示季節的名詞前通常（特別在泛指時）可以用零冠詞。例如:

1.　I like to go swimming *in (the) summer*.　夏天我喜

歡去游泳。

2. She never goes skiing *in (the) winter*. 她冬天從不
去滑雪。

其他例子如 in spring、in autumn, 但美式英語表示秋天的字
fall 前面要用定冠詞, 如 in the fall。

注意: 表示特別的某一個季節時要用定冠詞 the。例如:

3. *The spring of 1980* was a very pleasant season.
1980 年的春天是個很宜人的季節。

4. *The summer of last year* was very hot. 去年的夏
天很熱。

(6) 每天的各餐, 一般也用零冠詞。例如:

1. Will you stay *for lunch*? 你要不要留下來吃午飯呢?

2. He usually reads the morning paper *before break-
fast*. 他通常在早餐之前看早報。

其他的例子如: after dinner／supper「晚飯後」, before tea「喝
(下午) 茶以前」, at dinner／supper／lunch 「在 (吃) 晚／午飯
時」 等。

注意: 指特別的某一次用餐時, 要用定冠詞 the。例如:

The dinner we had at that new restaurant last
night was quite good. 昨天晚上我們在那家新開的餐
館所吃的那一頓晚飯相當不錯。

(7) 疾病的名稱前通常也用零冠詞。例如 diabetes (糖尿病)、pneu-
monia (肺炎)、measeals (麻疹)、influenza (流行性感冒)、cancer

（癌）、typhoid fever（傷寒）、anaemia（貧血）、appendicitis（盲腸炎）、mumps（腮腺炎、乍腮）、chicken pox（水痘）等。

1. *Measles* is very catching.　麻疹是很容易傳染的。

2. The senator died of ***pneumonia.***　那位參議員死於肺炎。

在傳統的用法中，有些常見的疾病可與 *the* 連用。例如（*the*）*measles*、（*the*）*flu*、（*the*）*chicken pox*、（*the*）*mumps* 等。

(8)　在一些對稱結構的成語中，冠詞常省略不用。例如：

arm in arm	臂挽臂	***hand in hand***	手牽手
face to face	面對面	***day by/after day***	日復一日
back to back	背靠/對背	***side by side***	相鄰（並肩）
eye for eye	以牙還牙		

（*see*）***eye to eye***（*with*）　意見一致

word by（*for*）***word***　逐字

step by step　逐步

shoulder to shoulder　肩並肩　等

husband and wife　夫妻

father and son　父子

day and night　日夜

doctor and patient　醫生與病人　等

from beginning to end　從頭到尾

from right to left　從右到左

from cover to cover （指書本）從頭到尾

from west to east 從西到東

from time to time 一再

from door to door 挨戶 等

這些片語中，名詞重複者通常具有副詞的功能。例如：

1. We must solve this problem *step by step*. 我們必須逐步地解決這問題。

2. We talked *face to face*. 我們面對面地談。

(9) 很多帶介詞的片／成語中，其名詞也不用冠詞。前面我們已提過如 at home、in bed、by car、at dawn 等。其他的例子如 on foot（步行）、in turn（依次）、out of step（亂了步伐）、on top of（在……之上）、by way of（由）、take advantage of（利用）、set fire to（放火）、on fire（燃燒著）、in fact（事實上）等等。類似的片／成語很多，學生們通常只能多看多用，並以實際造句來熟習並記憶這些片／成語的用法。

1.2.4 國籍名詞

國籍名詞是名詞中特別的一類，以下是一些常見的國籍名詞以及其單數、複數形式。

國名	單數 (特指)	複數 (特指)	複數 (泛指)	形容詞
China 中國	a Chinese 一個中國人	Chinese 中國人	the Chinese 中國人	Chinese 中國(人)的

Japan 日本	a Japanese	Japanese	the Japanese	Japanese
Portugal 葡萄牙	a Portuguese	Portuguese	the Portuguese	Portuguese
Vietnam 越南	a Vietnamese	Vietnamese	the Vietnamese	Vietnamese
Africa 非洲	an African 一個非洲人	Africans 非洲人	the Africans 非洲人	African 非洲(人)的
America 美洲(國)	an American	Americans	the Americans	American
Asia 亞洲	an Asian	Asians	the Asians	Asian
Australia 澳洲	an Australian	Australians	the Australians	Australian
Belgium 比利時	a Belgian	Belgians	the Belgians	Belgian
Brazil 巴西	a Brazilian	Brazilians	the Brazilians	Brazilian
Europe 歐洲	a European	Europeans	the Europeans	European
Hungary 匈牙利	a Hungarian	Hungarians	the Hungarians	Hungarian
India 印度	an Indian	Indians	the Indians	Indian
Italy 意大利	an Italian	Italians	the Intalians	Italian
Norway 挪威	a Norwegian	Norwegians	the Norwegians	Norwegian

Russia 俄國	a Russian	Russians	The Russians	Russian
Iraq 伊拉克	an Iraqi 一個伊拉克人	Iraqis 伊拉克人	the Iraqis 伊拉克人	Iraqi 伊拉克(人)的
Israel 以色列	an Israeli	Israelis	the Israelis	Israeli
Pakistan 巴基斯坦	a Pakistani	Pakistanis	the Pakistanis	Pakistani
Denmark 丹麥	a Dane	Danes	the Dane／Danish	Danish
Finland 芬蘭	a Finn	Finns	the Finns／Finnish	Finnish
Poland 波蘭	a Pole	Poles	the Poles／Polish	Polish
Spain 西班牙	a Spaniard	Spaniards	the Spaniards／Spanish	Spanish
Sweden 瑞典	a Swede	Swedes	the Swedes／Swedish	Swedish
England 英格蘭	an Englishman 一個英格蘭人	Englishmen 英格蘭人	the English ❻ 英格蘭人	English 英格蘭(人)的
France 法國	a Frenchman	Frenchmen	the French	French
Holland (the Netherlands) 荷蘭	a Dutchman	Dutchmen	the Dutch	Dutch
Ireland 愛爾蘭	an Irishman	Irishmen	the Irish	Irish

Scotland	a Scotsman	Scotsmen	the Scots	Scots
	a Scot	Scots		Scottish
	(Scotchman)	(Scotchmen)	(the Scotch)	(Scotch)
蘇格蘭	一個蘇格蘭人	蘇格蘭人	蘇格蘭人	蘇格蘭(人)的
Britain	a Briton	Britons	the British	British
英國／不列顚				
Germany	a German	Germans	the Germans	German
德國				
Greece	a Greek	Greeks	the Greeks	Greek
希臘				
Switzerland	a Swiss	Swiss	the Swiss	Swiss
瑞士				
Argentina	an Argentinian	Argentinians	the Argentinians	Argentinian
(the Argentine)	an Argentine	Argentines	the Argentines	Argentine
阿根廷				

1.3　其他中心定詞(Other Central Determiners)

除冠詞以外，其他中心定詞大致可歸納爲三類：(1) 所有格形容詞 my、your、his、her、its、our、their 以及's；(2) 指示形容詞 this、that、these、those；(3) 不定形容詞 either、neither、some、any、another、each、every、no、much、enough。這些詞語都是上册我們所討論過的「所有格代名詞」、「指示代名詞」及「不定代名詞」的形容詞用法。因此，作爲「限制／修飾」名詞之定詞使用時，這些語詞用法上的要點與其當代名詞使用時相似。同時，四種中心定詞（以上三種以及冠詞）除了's以外很少有連用的情形。我們可以說 *this* man *'s* book, *the* boy*'s* father, *no* man*'s* business 等。但不可以說*the any book, *this her clothes, *our these books 等。

1.3.1　my、your、his 等及's

這些字可直接置於名詞前面，例如：*my* book、*your* money、*Mr. Smith's* daughter、*our* house、*their* sons、*his* friend、*its* tail、*her* imagination、*John's* home、the *boy's* cousin 等。

1.3.2　指示形容詞

This、these 指離說話者近處的人或事物；that、those 指遠處的人或事物。this、that 與單數名詞連用。these、those 與複數名詞連用。例如：

1. I want to speak to *that* man.　我要跟那個人談話。
2. *This* book is mine.　這本書是我的。
3. *These* books belong to me.　這些書屬於我的。
4. *Those* students are nervous.　那些學生很緊張。

1.3.3　不定形容詞

(1) *either*、*neither*、*each*、*another* 用於單數名詞之前。例如：

1. You can choose *either* one.　兩個之中你可以選其一。
2. *Neither* book is expensive.　這兩本書都不貴。
3. *Each* student must solve one math problem.　每一個學生都得做一題數學題。
4. I want *another* sample.　我要另一個樣本。

(2) *Every* 通常也與單數名詞連用。如 *Every* student is present.（每個學生都到了。）但在 *every* two months（每兩月）、*every* three weeks（每三週）等片語中可置於複數名詞之前。

(3) 表示「一些、一點」（a few、a little）之意時，*some* 輕讀為 [səm]，例如：

1. I want *some* water. 我要一點水。

2. She bought *some apples* 她買了些蘋果。

表示「一些／一部分，而非全部」之意時，或表示「某一」（*a certain*）之意時，*some* 應重讀為〔sʌm〕。例如：

3. *Some* students were late and *some* were absent. 有些學生遲到，有些缺席。

4. *Some* soldiers left and others didn't. 有些士兵走了，其他的却沒走。

5. I met him at *some* party. 我在某次聚會中遇到他。

6. She's put the ring in *some* drawer. 她把戒指放在某一抽屜裡。

(4) *Any* 通常用於問句、否定句及條件句中。例如：

1. Did you buy *any* apples last week? 上星期你有沒有買蘋果?

2. I haven't seen *any* real pandas. 我沒有看過真的貓熊。

3. If you need *any* money, Please Let John know.

如果你需要錢的話，請告訴 John。

表示「任何一個」或「幾乎每一個」時，any 也可用於肯定句：

4. **Any** color will do?　任何顏色都可以。

5. You can look this word up in **any** dictionary.　你可以在任何一本字典中查到這個字。

⑸ **no、enough** 及 **much**：

much 只用於不可數名詞之前，no 與 enough 可與單或複數名詞連用。

1. We don't have **much** money.　我們沒有很多錢。

2. They have **enough** time to finish their homework.　他們有足夠的時間做完功課。

3. We have **enough** seats here.　我們這兒有足夠的坐位。

4. I have **no** apples.　我沒有蘋果。

5. She has **no** money.　她沒有錢。

enough 也可以置於名詞之後，如 They have time **enough** to finish their homework.

《做練習下冊，習題 1 》

---

❶ 另外有一特點是，定詞都置於形容詞之前。因此，如果名詞組含有定詞及形容詞時，其詞序是「定詞＋形容詞＋名詞」。例如：

my　**good** friend　　　**the**　**happy** father
定詞　形容詞　　　　　定詞　形容詞

❷ 事實上，定詞常常單獨（亦即只有一種）與名詞連用。因此，除了在前、中、後三種定詞同時使用以外，這三種分法的意義並不很大。我們把這些字都視作「定詞」即可。此外，a／an、the 因爲在英語文法中相當重要，用法也特別，使用頻率非常高，傳統文法視作特別的一種詞類，稱之爲「冠詞」（article）。在本書中，我們也沿用「冠詞」這名稱，視作定詞的一種。

❸ 類似本段中打星號（＊）的句子，常常出現在中國學生的英文作文中。可能的原因是，中文名詞的指稱表示方式與英文不同。在中文裏，類似「孩子在這兒」，「書是我的」的句子，並無不當之處，但在英文中，却不可說＊Child is here, ＊Book is mine.

❹ 說話者以這種方式使用 the 時，通常是以本身所知爲出發點。因此，如果遇到聽者無法從當時情景辨認或猜到說話者所指的人或事物時，往往可以用一些 Wh-短問句來要求說話者澄清。例如：

　　A: Have you fed the dog?　你餵了狗沒有？
　　B: Which dog? 哪一隻狗呀？

❺ 在以下三種泛指的句式中，定冠詞 the 是最不常用的一種。

　　1.　The tiger is a carnivorous animal.　老虎是肉食的動物。

　　2.　A tiger is a carnivorous animal.

　　3.　Tigers are carnivorous animals.

❻ Englishman／Englishmen 也可泛指「英國人」。

第二章

前定詞與後定詞 (Predeterminers and Postdeterminers)

2.1 定詞的位置

前面一章我們已提到定詞如只有一個（單獨）置於名詞之前，並無必要分前、中、後。但若不只一個定詞時，如以中心定詞爲基準，置於其前者叫「前定詞」(predeterminer)，置於其後者叫「後定詞」(postdeterminer)。例如：

All　　**_the_**　　**_other_** students
前定詞　中心定詞　後定詞

Both　　**_the_** girls
前定詞　中心定詞

The　　**_first_** week,　**_The_**　　**_three_** girls
中心定詞　後定詞　　　　　中心定詞　後定詞

這種以位置的分法，並不意謂前或後定詞必須與中心定詞連用。事實上，絕大部分定詞都可單獨使用，包括前定詞與後定詞。例如：**_all_** boys、**_both_** girls、**_three_** students、**_few_** people 等。但一如前章所述，這兩種定詞的種類數目都不多，我們在以下兩節分別討論及

說明其用法。

2.2 前定詞(Predeterminers)

前定詞大致可分爲以下四類: (1) all、both、half; (2) 倍數語詞 twice、double、three times 等; (3) 分數語詞 one-third、one-fourth 等; (4) such、what。前定詞只能使用一個, 不可兩個併用。我們可以說 all students, 但不能說 * all both students.

2.2.1 all, both, half

(1) all、both、half 與名詞及其定詞連用時有一些共用的限制。all、both、half 都可與冠詞及所有格形容詞連用; 另外, all 與 both 可與指示形容詞(this、that 等) 連用, 但 half 通常則否。例如:

1. *All the* boys are here.　所有的男孩子都在這兒。

2. *All the* furniture has been sold.　所有的家具都賣了。

3. *All my* friends have arrived.　我所有的朋友都來了。

4. I have no time to listen to *all this* nonsense.　我沒時間來聽這廢話。

5. *Both his* parents love him.　他父母親都愛他。

6. *Both* (*the*) eyes were examined.　兩隻眼睛都被檢查。

7. I like *both* (*these*) colors.　這兩種顏色我都喜歡。

8. *Half my* time was spend in writing poems.　我一半的時間花在寫詩上。

9. He sat there for *half an* hour.　他在那兒坐了半小時。

10. *Half the* students left.　學生有一半走了。

注意：all、both 與 half 因為本身表示數量，因此都不能與表數量的中心定詞(如 some、any、every、either、neither、no、enough 等)連用。我們不能說 * all any water、* both some boys、* half every time 等。

(2)　all 與 both 可以直接置於名詞之前，例如：

1. *All* members are invited.　所有會員都被邀請。

2. *Both* students were unhappy.　兩個學生都不快樂。

注意：all 可與可數名詞或不可數名詞連用，但 both 只能與複數名詞連用。例如：

He's been sitting there *all day*.　他整天都一直坐在那兒。

All information is included.　所有的資訊都包含在內。

All (*the*) *books* should be returned by 10 a.m. tomorrow.　所有的書都應在明早 10 時以前歸還。

He broke *both* (*his*) *legs*.　他兩條腿都斷了。

(3)　在正式文件中，all＋地名可表示該處之人口。例如：

All London went crazy.　全倫敦（的人）都瘋狂了。

(4)　all、both 及 half 不能直接用於代名詞前面。我們不可說 * all

they、* both they、* half it。這情形只能說成 all of them、both of them、half of it。但注意，這些片語中 all、both、half 是代名詞的用法，而不是定詞了。

(5)　half a...也可說成 a half...。例如：

1.　I want ***half a pound.***　我想要半磅。

2.　I want ***a half pound.***　我想要半磅。

a half...比較多用於美式英語。

(6)　前面有整數數量詞（如兩磅、三年等）再加 half 時（例如：兩磅半、三年半），要用 ***and a half***。其詞序有兩種：

two ***and a half*** pounds／

two pounds ***and a half***　　兩磅半

three ***and a half*** years／

three years ***and a half***　　三年半

one ***and a half*** months／

one month ***and a half***　　一個半月

2.2.2　倍數語詞 twice、double 等(Multipliers)

(1)　倍數語詞 double、twice 等可置於冠詞、所有格形容詞及指示形容詞前面。例如：

1.　You need ***twice his strength*** to lift this bag.　你需要比他大兩倍的力量才能擡起這袋子。

2.　He wanted ***double the amount*** he received last month.　他想要比他上個月所收到的數目多兩倍的數目。

3. This is *three times the usual cost.*　這是比平常（價格）貴三倍的價格。

(2)　once、twice、three times、four times 等可以與定詞 a、every、each 以及 per 等運用，與表示時間的名詞作核心，構成「分配性質」的頻率用語。例如：

1. He jogs *once a day.*　他每天慢跑一次。

2. She comes here *twice every week.*　她每星期來這兒兩次。

3. I visit my aunt *three times each year.*　我每年探望我嬸嬸三次。

4. She practices playing the piano *four times per week.*　她一星期練習彈鋼琴四次。

注意：(a)　這些語詞也可接 every＋距離（空間）名詞。例如：
She took a rest every kilometer.　「她每公里休息一下」。

(b)　這種用法的 every 後面，可接數詞，例如：
once every two weeks　每二星期一次
twice every three days　每三天兩次
three times every four miles　每四哩三次

2.2.3　分數語詞 one-third、two-fifths 等(Fractions)

分數語詞可置於定詞前作前定詞用。例如：
She finished it in just *one-third the time* it took me.　她只花了我做這事的三分之一的時間就做完這事了。

注意：分數語詞常以代名詞的方式使用，帶 of 結構。例如：

She finished it in just **one-third of the time** it took me.

2.2.4　Such 及 What

such 與 what 可置於冠詞 a 前面。例如：

1. I have never seen **such a** clever man.　我從來未見過這麼樣的聰明人。

2. **What** a fine day!　天氣眞好！

3. **What a** mess!　一團糟！

注意：(a)　such 與 what 可置於複數名詞之前。例如：

4. They are **such fools.**　他們眞是笨人。

5. **What fools** they are!　他們好笨！

(b)　such 與 what 也可與不可數名詞連用。例如：such courage、what nonsense 等。

(c)　「限制詞」(restrictives) 如 just、only、quite、almost、especially 等也可以置於定詞之前，例如 quite a party、only the boy、just a baby 等。但這些語詞其實是「焦點副詞」，可使人注意句中某些部分 (不一定是名詞組)，因此很多文法書並不把這些限制詞視作前定詞。

2.3　後定詞 (Postdeterminers)

後定詞主要有以下幾類：(1)　基數 (如 one、two 等)；(2)　序數

（如 first、second 等）；(3)　many、much、few、little、several 等；(4)　a lot of、lots of、a great deal of 等；(5)　such、only、certain、other 等。

2.3.1　基數詞語(Cardinal Numerals)

基數詞語包括 one、two、three、four…等。one 與單數可數名詞連用。其他基數詞語則與複數可數名詞連用。例如 a boy、three pens 等。one 可視作 a 的強調式，因此，在不定冠詞後面不可用 one, * a one boy 是不對的的說法。在定冠詞 the 後面,基數詞語都可用。例如：

1.　He is *the one* (only) student I like best.　他是我最喜歡的唯一的學生。

2.　They are *the two* students she likes best.　他們是她最喜歡的兩個學生。

2.3.2　序數詞語(Ordinal Numerals)

(1)　主要的序數詞語包括 first、second、third…等, 可用於定詞後面。例如：

the first page, *the second* chapter 等。

(2)　last、next、past、other、another 等是「普通序數」，用法與主要序數相似。例如：

the last page, *the next* chapter 等。

(3)　如基數序數連用時, 序數置於基數之前。例如：

the first two pages, *the last three* pages, *another four* pages 等。

2.3.3　many、much、few、little 及 several

這些詞語都可作後定詞使用。many、few、several 與複數可數名詞連用，much、little 與不可數名詞連用。例如：

1. You made too *many* mistakes.　你犯了太多的錯誤。

2. There are *a few* students in the classroom.　教室裡有幾個學生。

3. She's made very *few* mistakes.　她沒犯多少錯誤。

4. There are *several* errors on this page.　這一頁上面有好幾個錯誤。

5. There isn't *much* money in your bank account.　你銀行帳戶中沒有很多錢。

6. He thinks he has too *much* money.　他認為他錢太多了。

7. In fact he has only *a little* money.　事實上他只有一點錢而已。

(1)　many 與 much 常與 too、so、as、how 連用。

1. There are *too many* boys in this room.　這房間裡男孩子太多了。

2. There is *too much* water in the pond.　池塘裡水太多了。

3. He made *so many* mistakes in his composition

that his teacher told him to rewrite it.　他的作文裡
錯誤這麼多，致使他的老師叫他重寫。

4.　She has *so much* money that she can buy *as many* beautiful dresses as she wants.　她有這麼多
的錢，使她想買多少漂亮的洋裝就可以買多少。

5.　This farm can supply *as much* milk as the market
demands.　市場需要多少牛奶這農場都可以供應。

6.　*How many* students do you have?　你有多少個學
生？

7.　*How much* confidence does she have?　她有多少信
心？

(2)　*few* 與 *a few*

few 與 a　few 之間存有一種否定／肯定之對比。few 的語意是
"not many"（不多），a few 的語意是 "some, several"（少數，幾
個）。例如：

1.　He has *few* friends.　他沒什麼朋友。

2.　He has *a few* friends.　他有幾個朋友。

3.　I have *few* books on psychology.　我沒有多少本有
關心理學的書。

4.　I have *a few* books on psychology.　我有幾本有關
心理學的書。

(3)　*little* 與 *a little*

little 與 a little 之差別與 few 及 a few 相似。前者否定，後者肯

定。little 表示"not　much"（沒多少，幾乎沒有）；a　little 表示
"some"（少許、一點、一些）。例如：

1.　He has *little* money.　他沒什麼錢。

2.　He has *a little* money.　他有一點錢。

3.　She wrote *little* poetry.　她幾乎沒寫過什麼詩。

4.　She wrote *a little* poetry.　她寫過一些詩。

5.　There was *little* time for rehearsal.　沒甚麼時間來
　　排演。

6.　There was *a little* time for rehearsal.　有一點時間
　　可以排演。

　　注意：在說話時，因爲 little 與 few 比較容易誤聽爲 a little 與 a
　　　　　few，所以常說成hardly any，其語意大致不變。例如：
　　　　　He has hardly any friends. She wrote hardly any
　　　　　poetry. There was hardly any time for rehearsal.

　　(4)　*Few*、*little*、*much* 及 *many* 是語意上「可分等級」(grada-
ble)的語詞，因此可以有比較級及最高級的形式，也可被增強語氣的副
詞 very、too 等修飾。在所有定詞中，這四個詞是比較像一般形容詞。
其他定詞都不能有比較式，也不能用 very 及 too 來修飾。few、little、
much、many 的比較形式如下：

原級	比較級	最高級
few	fewer	fewest
little	less	least
many	more	most
much	more	most

注意： 現代英語有用 less 來取代 fewer 的趨勢。例如 You made *fewer* mistakes than she did. 常可說成 You made *less* mistakes than she did. 然而，這種用法還是有很多人認為不妥當。初學者尤應注意。如覺得疑惑時，在可數複數名詞前用 fewer 比較穩當。

⑸　*more* 與 *most*

A.　more 可與可數及不可數名詞連用。例如：

1. He has *more confidence* in you than in me.　他對你比我更有信心。

2. I have *more books* than you.　我比你有更多的書。

B.　more 可用於定詞 the、any、some、no、much 之後，例如：

1. *The more* money he earns, the more unhappy he becomes.　他錢賺得愈多，愈不快樂。

2. Does he have *any more* books on physics?　他有更多有關物理學的書嗎？

3. He wants to talk to *some more* employees.　他想跟更多的雇員談談。

4. I have *no more* questions for you.　我再沒有問題問你了。

5. We need *much more* encouragement from our teacher.　我們需要老師給我們更多的鼓勵。

C. most 與 more 相似，可與可數及不可數名詞連用。例如：

1. *Most* students like prof Johnson. 大多數學生喜歡 Johnson 教授。

2. He has (the) *most* confidence in me. 他對我最有信心。

(6) *several* 只與複數可數名詞連用。例如：

1. She has *several* good friends. 她有幾個好朋友。

2. You've made *several* mistakes. 你犯了幾個錯誤。

3. The salesman has sold *several* vacuum cleaners. 這個推銷員賣了幾部眞空吸塵器。

2.3.4 plenty of、a lot of、a great deal of 等

英語中還有一些詞組，其功能與定詞相似。結構上，這些詞組包含一個表示數量的名詞（如 lot、deal、amount）等，其後面接介詞 of，前面通常接不定冠詞 a。例如：a lot of、a number of、a large amount of、plenty of 等。

在這些詞組中，plenty of、a lot of 及 lots of 後面可接複數可數名詞，也可接不可數名詞。例如：

1. We saw $\begin{cases} \text{plenty of} \\ \text{a lot of} \\ \text{lots of} \end{cases}$ students in the hall.

我們在大堂中看到很多學生。

2.　We have just bought $\left\{\begin{array}{l}\text{plenty of}\\\text{a lot of}\\\text{lots of}\end{array}\right\}$ furniture.

我們已經買了很多家具。

另外，a great deal of、a good deal of、a (large/small 等) quantity of、a (large/small) amount of 只與不可數名詞連用。例如：

3.　The safe contained $\left\{\begin{array}{l}\text{a great deal of}\\\text{a good deal of}\end{array}\right\}$ money.

保險箱中有很多錢。

4.　The safe contained a $\left\{\begin{array}{l}\text{large}\\\text{small}\end{array}\right\}$ $\left\{\begin{array}{l}\text{amount}\\\text{quantity}\end{array}\right\}$ of money.

保險箱中有 $\left\{\begin{array}{l}\text{大量}\\\text{少數}\end{array}\right\}$ 的錢。

a (great／large／good／small 等) number of 則只與複數可數名詞連用。例如：

5.　We saw a $\left\{\begin{array}{l}\text{great}\\\text{large}\\\text{good}\end{array}\right\}$ number of students in the classroom.

我們看到很多學生在教室裏。

注意：在美式英語中，有一種趨勢把 amount 的用法取代 number，例如 a large amount of students, large amounts of tourists 等。但是目前還有人反對這種用法。比較正確

及穩當的說法是 a large number of students 等。

2.3.5 only、such、certain、other

⑴ only 可用於冠詞及所有格形式的定詞後面。例如：

1. This is **our only** chance. 這是我們唯一的機會。

2. He is the **only** doctor in town. 他是城裡唯一的醫生。

⑵ such 常用於定詞 any、no、all、some、many 等後面。例如：

1. Do you know **any such** person? 你認識這樣的一個人嗎？

2. He has **no such** experience. 他沒有這樣的經驗。

3. Can you put up with **all such** nonsense? 你能夠忍受所有這些廢話嗎？

4. There are **many such** requirements. 有很多這樣的條件。

⑶ certain 通常用於不定冠詞 a 後面，但也可以與複數名詞連用。例如：

1. **A certain** Mr. Smith came today. 某個叫做 Smith 的先生今天來過。

2. **Certain** questions have to be asked. 有些問題是必須問的。

⑷ 作後定詞用時，other 用於所有格形式定詞以及 the、every、

some、any、no 等後面。例如：

1. He came here *every other* day.　他每隔一天來這兒一次。

2. I saw him at the library *the other* day.　日前我在圖書館看見他。

3. I'll call you *some other* day.　改天我會打電話給你。

4. Is there *any other* question you want to ask me?　還有沒有任何其他的問題你想問我呢？

5. There is *no other* way out.　沒有別的出路（方法）。

Other 也可與複數名詞連用。例如：

6. You vote for Tom, but *other* students vote for Peter.　你選 Tom，但其他學生選 Peter。

2.3.6. 數詞及其讀法(Numerals and the way they are read)

⑴ 基數與序數

0	zero, nought			
1	one	1 st		first
2	two	2 nd		second
3	three	3 rd		third
4	four	4 th		fourth
5	five	5 th		fifth
6	six	6 th		sixth
7	seven	7 th		seventh
8	eight	8 th		eighth

9	nine	9 th	ninth
10	ten	10 th	tenth
11	eleven	11 th	eleventh
12	twelve	12 th	twelfth
13	thirteen	13 th	thirteenth
14	fourteen	14 th	fourteenth
15	fifteen	15 th	fifteenth
16	sixteen	16 th	sixteenth
17	seventeen	17 th	seventeenth
18	eighteen	18 th	eighteenth
19	nineteen	19 th	nineteenth
20	twenty	20 th	twentieth
21	twenty-one	21 st	twenty-first
22	twenty-two	22 nd	twenty-socond
23	twenty-three	23 rd	twenty-third
24	twenty-four	24 th	twenty-fourth
25	twenty-five	25 th	twenty-fifth
30	thirty	30 th	thirtieth
40	forty	40 th	fortieth
50	fifty	50 th	fiftieth
100	a／one hundred	100 th	(one)hundredth
101	a／one hundred and one	101 st	(one)hundred and first
102	a／one hundred and two	102 nd	(one)hundred and second

1000	a／one thousand	1000 th	(one)thousandth
1001	a／one thousand and one	1001 st	(one)thousand and first
2000	two thousand	2000 th	two thousandth
10,000	ten thousand	10,000 th	ten thousandth
1,000,000	a／one million	1,000,000 th	(one) millionth

注意：(a)　普通數目在百位之後十位之前加 and。

162	one hundred and sixty-two
3461	three thousand four hundred and sixty-one
25,677	twenty-five thousand six hundred and seventy-seven
523,845	five hundred and twenty-three thousand, eight hundred and forty-five
1,314,213	one million, three hundred and fourteen thousand, two hundred and thirteen

(b)　電話號碼把數字連串唸出，「零」唸成 [o]，如字母 O。

例如：

| 7033412 | seven-O-three-three-four-one-two |

(2)　日期

1989	nineteen eighty-nine
	(正式) nineteen hundred and eighty-nine
(the)1970 s	(the)nineteen seventies

March 6(th)或6(th)March　　the sixth of March

或 March the sixth

或 March six

或 March sixth

(3) **時間**

6:00	six o'clock
6:10	six ten, 10(minutes)after(past)six
6:15	six fifteen, (a)quarter after(past)six
6:30	six thirty, half past six
6:45	six forty-five, (a)quarter to seven
6:50	six fifty, ten to seven

(4) **分數與小數**

$\frac{1}{2}$	a/one half
$\frac{1}{3}$	a/one third
$\frac{1}{4}$	a/one fourth(quarter)
$\frac{1}{5}$	one-fifth
$\frac{2}{3}$	two-thirds
$\frac{3}{4}$	three-fourths(quarters)

$\dfrac{5}{6}$　　　　　five-sixths

$1\dfrac{3}{4}$　　　　one and three-quarters

$6\dfrac{7}{8}$　　　　six and seven-eighths

$\dfrac{14}{125}$　　　　fourteen over one hundred and

　　　　　　twenty-five

32.3　　　　thirty-two point three

15.56　　　　fifteen point five six

0.78　　　　(zero) point seven eight

(5)　**數學符號**

　＋　"plus"　　　　－　"minus"

　×　"times 或 multiplied by"

　÷　"divided by"

　＝　"equals, is equal to"

　$\sqrt{}$　　"the square root of"

　$3 - 2 = 1$　　Three minus two equals one.

　$1 + 3 = 4$　　One plus three is equal to four.

　$2 \times 3 = 6$　　Two times three equals (is) six.

　$8 \div 2 = 4$　　Eight divided by two equals (makes) four.

$$(12 + \sqrt{4} - \dfrac{35}{5}) + (2 \times 4) = 15$$

Twelve plus the square root of four, minus thirty-five

over five, plus two times four, equals fifteen.

(6)　**貨幣**

$　"dollar"　　£　"pound"

p　"penny／pence"　　¢　"cents"

$125　one hundred (and) twenty-five dollars

£65　sixty-five pounds

£6.4 m　six point four million pounds

23 p　twenty-three pence (twenty-three [pi]

〈非正式唸法〉)

25 ¢　twenty five cents

$5.25　five dollars (and)twenty-five cents 或 five dollars twenty-five 或 five twenty five.

£6.25　six pounds twenty-five pence 或 six pound twenty-five 或 six twenty-five

《做練習下冊，習題 2 及 3》

第三章

引導詞 It 與 There
(Anticipatory *It* and *There*)

3.1 引導詞的性質

英語的 it 與 there 都有些特殊的用法。可以在句子中取代某些詞組（大多數是主詞或受詞）的位置，其本身卻不具備語意。例如:

1. ***It*** is important to be on time. 準時是重要的一回事。

2. ***There*** are two books on the desk. 桌上有兩本書。

在句 1 與 2 裏, it 與 there 本身雖出現在主詞的位置上, 但真正的主詞分別是 to be on time 及 two books, it 與 there 本身並無語意。這種 it 與 there 亦稱為 preparatory subject（前預設主詞）或 temporary subject（臨時主詞）, 或稱為 expletive ***it*** 或 ***there***（虛詞 it 或虛詞 there)。我們可以把句 1 與 2 的真正主詞放回主詞位置, 便可明白 it 與 there 的「虛詞」性質。

1.a. ***To be on time*** is important.

2.a. ***Two books*** are on the desk.

與句 1.a.與 2.a.比較起來, 1 與 2 句中的 it 與 there 的功能只是

「引導」「代替」眞正的主詞。類似這種用法有好幾種，我們通稱之爲「引導詞 it」及「引導詞 there」。分別在 3.2 與 3.3 兩節中討論。

3.2　引導詞 It　(Anticipatory *It*)

3.2.1

句子主詞如是不定詞結構或 that 子句，動詞爲 be，述語中含形容詞或名詞組做主詞補語時，不定詞結構或 that 子句常移位至主詞補語之後，其原來位置則以 It 取代，成爲「臨時」或「前設」主詞，其過程如下：

$$\begin{Bmatrix} \text{That 子句} \\ \text{不定詞片語} \end{Bmatrix} + \text{be} + \begin{Bmatrix} \text{NP} \\ \text{Adj.} \end{Bmatrix} \rightarrow$$

$$\text{It} + \text{be} + \begin{Bmatrix} \text{NP} \\ \text{Adj.} \end{Bmatrix} + \begin{Bmatrix} \text{That 子句} \\ \text{不定詞片語} \end{Bmatrix}$$

這是所謂「外移」(extraposition)的過程。例如：

1.　　*To be on time* is important.　準時是重要的。

1.a.　*It* is important *to be on time*.

2.　　*For you to be there on time* is important.　你準時到那兒是重要的一回事。

2.a.　*It* is important *for you to be there on time*.

3.　　*That he is very lazy* is true.　他很懶，這是眞的一回事。

3.a.　*It* is true *that he is very lazy.*

4.　　*That she is a millionaire* is true.　她是個百萬富

翁，這是眞的一回事。

4.a.　*It* is true *that she is a millionaire.*

注意：這種「外移」過程能幫助我們找出句子眞正的主詞，以了解其眞正語意，是分析句子方式的一種。在眞正說話時，通常使用的都是1a、2a、3a、4a的形式。1、2、3、4的方式比較不自然，除正式文體以外，不常用於口語中。因此，在以下例句中，我們只舉引導詞 it 的形式。

5.　*It* is nice *to see you.*　見到你眞好。

6.　*It* is interesting *that he should like phonology.* 他居然喜歡音韻學，眞是有趣。

7.　*It* is a fact *that she hates me.*　她恨我，這是事實。

8.　*It* is not easy *to find a good job.*　找一份好工作並不容易。

9.　*It* is possible *for him to be there on time.*　他可能準時到那兒。

10.　*It* is possible *that I'll be late.*　我可能遲到。

11.　*It* is a pity *that you didn't come.*　你沒有來，眞是可惜。

12.　*It* would be a pity *to miss the train.*　錯過這班車是可惜的事。

注意：(a)　it 也可以作 V-ing 結構的「前設主詞」。例如：

1.　It was nice *seeing you at Tom's party.*　在 Tom 的聚會裏看到你眞好。

2.　It's crazy (*her*) *running across the street like that.*　（她）這樣跑過馬路，眞是有點瘋狂。

3. It is worth *helping him*. 幫助他是值得的。

4. It's no use *trying to persuade him*. 想說服他是沒
用的。

一般而言，除了 worth 及 no use 等少數用語外，it 作 V-ing 形式的前設主詞的句式是不很正式的用法。

(b) 如句子表示某事的「重要性」，形容詞爲 important、essential、vital、necessary 等，that 子句中可以用助動詞 should。例如：

$$
\text{It is}\begin{Bmatrix}\text{important}\\\text{essential}\\\text{necessary}\\\text{等}\end{Bmatrix}\text{that he should come on time.}
$$

他應該準時來，這是很$\begin{Bmatrix}\text{重要}\\\text{必需}\end{Bmatrix}$的。

美式英語中，也可用動詞原式（假設式）：It is important that he come on time.

(c) 如不定詞結構中包含不定詞動作的主詞時，介詞多用 for，如 for him to be on time, for you to come here 等。但如句子的形容詞如表示某人對某事的態度時，介詞則常用 of。例如：

It is *kind of* you to help me. 你幫我，眞是好心。

（不能說＊It is kind for you to help me.）

It is *foolish of* him to lie to his boss.

他對老闆說謊，眞是愚不可及。

其他常用的表示態度的形容詞如 nice、good、clever、considerate 等。

3.2.2

前設主詞 it 後面也可接連繫動詞 seem、appear，例如：

1. It *seems* that Mary has made up her mind.　看來 Mary 已經下定決心了。

2. It *appears* that she is very happy.　看來她很快樂。

3. It *seems* possible that she'll find a good job.　看來她可能找到一份好工作。

4. It *seems* obvious that we should work harder.　很明顯地，我們應該更努力工作。

3.2.3

與前設主詞呼應的眞正主詞如爲子句，除爲 that 子句以外，還可以是 whether(or not)、why、how、when 等所引導的子句。例如：

1. *It* was amazing *how* he could finish doing such a difficult job in one day.　他一天以內做完這麼難的一件工作，眞令人驚異。

2. *It* doesn't matter *when* you come. We'll be waiting for you at home.　你什麼時候來都可以。我們會在家中等你。

3. *It* is doubtful *whether or not* he will help us.　他會不會幫助我們，還是疑問。

4. *It* is a mystery *why* he left the diamond ring there. 他為什麼把鑽石戒子留在那兒是一個謎。

5. *It* is not clear *what* Tom meant. Tom 的意思是什麼並不很清楚。

6. *It* does not matter *what* you said. 你說過什麼並不重要。

7. *It* looks *as if* he had seen a ghost. 看起來他好像見到鬼的樣子。

3.2.4

It 在分裂句式 (cleft sentence) 中，也可作臨時主詞，是引導詞的一種。例如：

1. *John* went *there yesterday*. John 昨天去過那兒。

2. It was *John* that(who)came there yesterday. 昨天到過那兒去的人是 John.

3. It was *there* that John went yesterday. John 昨天去的地方是那兒。

4. It was *yesterday* that John went there. John 是昨天去那兒的。

分裂句形是 It...that...，我們可把普通句子中的詞組(動詞除外)，置於引導詞 it 後面加以強調(如句 1 之 John、there 及 yesterday)。

注意： 如強調之詞組是人，可用 who(如句 2)。子句中的動詞與 be 動詞後之名詞或代名詞一致。例如：

It is *Peter* that *is* exhausted. 筋疲力盡的人是 Peter。

It is *I* who／that *do* not want to help you.　不想幫助你的人是我。

3.2.5

引導詞 It 也可以作「前設受詞」(anticipatory object)。例如:

1. I find *it* hard *to do this work alone*.　我覺得獨自做這工作很不容易。

2. We considered *it* a pity *that he had lied to us*.　我們認為他對我們說謊是一件很可惜的事。

3. She thinks *it* wrong *to tell lies*.　她認為說謊是錯誤的。

4. I make *it* a rule *to go to bed early*.　我維持早睡的習慣。

6. Your presence makes *it* difficult *for me to speak freely*.　你在場使我不易暢所欲言。

7. I made *it* clear *that no one should leave early*.　我很清楚的表示過, 沒有人可以早走。

8. Tom thought *it* strange *that his wife hadn't written*.　Tom 的太太沒有來信, Tom 覺得很奇怪。

3.3　引導詞 There

There 一詞可有兩種唸法, 語意與詞類也不同。當副詞使用時, 唸 [ðɛr], 意思是「那裏」; 當引導詞 (前設主詞) 使用時, 唸 [ðə] (不

唸重音），爲不具語意的虛詞。例如：

1. He is over *there* [ðɛr].　他在那邊。

2. *There* [ðɚ] is a book on the desk.　桌上有一本書。

本節中介紹引導詞 there 的用法。當引導詞使用時, there 置於主詞的位置, 但動詞要與眞正的主詞一致。例如：

3. There *is a book* on the desk.　桌上有一本書。

4. There *are three books* on the desk.　桌上有三本書。

5. There *are a pen and a book* on the desk.　桌上有一枝筆和一本書。

注意：在非正式的用法中有時候可說成 There is a pen and a book on the desk.

3.3.1　There＋be

大多數情形下, 尾隨引導詞 there 的連繫動詞是 be。有以下三種常用的句式。

(1)　There＋be＋$\left\{ \begin{array}{l} 名詞 \\ 代名詞 \end{array} \right\}$＋表示處所用語。

1. There's a boy *here*.　這兒有個男孩子。

2. There is a hole *in my pants*.　我褲子上有個洞。

3. There are no students *in the classroom*.　教室裏沒有學生。

這些含處所用語的句子有時候可以把名詞或代名詞放回主詞的位置, 例如：A boy is here.　No students are in the classroom 等, 但這種句子不及 there 引導的形式自然。

⑵ there＋be＋帶形容詞修飾語的名詞組。

1. There are *some* people *who can help you*. 有些人可以幫助你。

2. There is a student *who wants to study linguistics*. 有個學生想唸語言學。

3. There are *two* notebooks *for everyone*. 每人有兩本筆記本。

這些句子中的 be 具有「存在」的語意。而且，這種「存在句」不可以「還原」成沒有引導詞 there 的句子。我們不可以說＊Two notebooks for everyone are. 或＊Some people who can help you are.

⑶ there＋be＋名詞＋分詞修飾語。

1. There is a girl *singing in the next room*. 有個女孩子在隔壁房間裏唱歌。

2. There is a sale *going on at Fedco*. Fedco 公司正在減價中。

3. There were three passengers *killed in the accident*. 意外事件中有三位乘客死亡。

3.3.2

除 be 以外，其他連繫動詞如 seem、apear、remain 以及動詞 come、go、enter、follow、live、happen 等都可與引導詞 there 連用（在文學作品及正式文體中尤然）。例如：

1. *There* once *lived* a vicious witch. 從前有一位邪惡的女巫。

2. *There remained* two unsolved problems. 還剩下兩個未解決的問題。

3. *There seems* to be a perfect excuse for his failure. 他的失敗似乎有一個十分好的藉口。

4. *There goes* Peter. Peter 走了。

注意：例句 4 中，如主詞是代名詞，則 goes 必須在代名詞之後。There he goes.

3.3.3

如含 there 的句子變成另一句子的受詞時，其句式如下：

主詞＋及物動詞＋there to be＋名詞

1. I don't want *there to be* any more inappropriate questions. 我不想再有更多不恰當的問題。

2. We like *there to be* some useful *suggestions*. 我們很想有些有用的建議。

3. She expected *there to be* no *misunderstanding.* 她希望沒有誤會。

《做練習下冊，習題 4 》

第四章

形容詞
(Adjectives)

4.1 形容詞的特徵(Characteristics of Adjectives)

上冊第三章 3.1.(4)節中，我們說過形容詞是用來修飾名詞或代名詞的語詞，這可以說是形容詞的最簡單的定義。然而，除了這種一般的功能以外，比較嚴謹（狹義）的看來，形容詞還有以下四種特徵：

(A) 形容詞可置於被修飾的名詞之前，定詞之後，修飾該核心名詞。

例如: an **old** man

(B) 形容詞可置於述語中，作主詞補語或受詞補語。

例如: The man is **kind**.

We thought the girl **ugly**.

(C) 形容詞前面可加強調（副）詞 very，加以修飾。

例如: very **glad**, very **big**

(D) 形容詞可以有「比較級」及「最高級」的形式。

例如: happier, happiest, more beautiful, most beautiful

當然，我們要明白，並非所有的形容詞都具備所有這四種特徵。

很多形容詞四種俱備，例如：

> a *clever* boy　(A)
>
> The boy is *clever*.　(B)
>
> *very* clever　(C)
>
> *clever cleverest*　(D)

有些只具備(A)與(B)，例如：

> God's *infinite* goodness　神的無限的恩典。(A)
>
> God's goodness is *infinite*. 神的恩惠是無限的。(B)

但我們不可說 * *very* infinite, * *more* infinite。

有些形容詞具備(B)、(C)、(D)，例如：

> She is *afraid*.　(B)
>
> *very* afraid　(C)
>
> *more* afraid　(D)

但我們不說 * the *afraid* boy。

有些形容詞只具備(A)。例如：

> an *outright* denial／lie　斷然的否認／完全的謊言 (A)

但我們不可說：

> ?* The denial／lie is *outright*.　(B)
>
> ?* The denial／lie is *very* outright.　(C)
>
> ?* The denial／lie is *more* outright.　(D)

有些形容詞只具備(B)。例如：

> The boy is *asleep*　(B)

但我們不可說：

> * an *asleep* boy　(A)
>
> * *very* asleep　(C)

　　　　　 * **more** asleep 　　(D)

　　綜合看來(A)(B)兩特徵相當重要，不能全缺，(A)(B)全缺則不是形容詞了。例如 soon 並不具備(A)與(B)(* soon　boy, * something／someone is soon)，雖然具備(C)與(D)(very soon, sooner)，但 soon 只是副詞，而非形容詞。

　　當然，從以上例子看來，形容詞的主要功能還是做名詞或代名詞的修飾語。因此，最廣義的看法，一切名詞或代名詞的修飾語（連定詞在內）都算得上是具有形容詞的功能。但以比較嚴謹的標準來看，多數的形容詞可以用以上(A)(B)(C)(D)四種特徵來界定。

4.2　形容詞的文法功能(Grammatical Functions of Adjectives)

　　在作名詞或代名詞修飾語的大前提下，形容詞的主要功能有以下幾種：

4.2.1　屬性修飾與述語修飾

　　形容詞如置於被修飾之名詞前面時，為屬性修飾形容詞(attributive adjectives)。例如：

　　　　a **small** room, a **big** chair

　　　　popular music, **nice** people

形容詞如作主詞或受詞補語時，為述語修飾形容詞 (predicative adjectives)。例如：

　　1.　The boy is **happy**.　(Subj.comp.)這男孩很快樂。

　　2.　She seems **busy**.　她似乎很忙。

3. That he is happy is *obvious*. (Subj.comp.)他很快
樂，這是明顯的。

4. To be honest is *important*. (Subj.comp.)誠實是重
要的。

5. Driving a car can be *dangerous*.(Subj.comp.)開車
可能是危險的（事）。

6. We thought him *crazy*. (Obj.comp.)我們以為他瘋
了。

7. He made me *happy*. (Obj.comp.)他使我快樂。

8. I consider driving a car *dangerous*. (Obj.comp)
我認為開車危險。

9. I consider what he said *interesting*. 我認為他所說
的話很有趣。

注意：大多數的形容詞都可以置於屬性修飾位置，而且很多形容
詞同時可以屬性修飾以及述語修飾。但有些形容詞只能具
有這兩種功能中之一。我們分別在以下 4.2.1.1 及 4.2.1.2
兩小節中討論這些只能用於其中一種位置的形容詞。

4.2.1.1　只能用於屬性修飾位置的形容詞

通常這類形容詞並不直接修飾名詞所指的人或物。例如：在 a
complete stranger「完全陌生的人」這片語中，complete 所修飾的
是「陌生」的程度，不是 stranger 這個人，因此我們不能翻譯成「完
全的陌生人」。我們也不可以說＊ The stranger is complete。換言
之，當 complete 以這種方式，作強調形容詞 (intensifying adjec-
tive)使用時，只能置於屬性修飾位置。然而，當 complete 以其本義

使用，直接修飾名詞時，則兩種位置都可以用，例如　a　complete answer「完整(全)的答案」，The answer is／seems complete.「這答案是／似乎是完整的」。

只能出現在屬性修飾位置的形容詞有下列幾種：

(1)　強調形容詞(intensifying adjectives)

以下的形容詞都是加強語氣的強調形容詞，表達這種強調的語意時，只能用於屬性修飾位置。例如：

1.　a *complete* stranger　完全陌生的人

2.　a *firm* friend　堅定的朋友

3.　*total* nonsense　完全胡扯，一派胡言

4.　a *real* hero　眞正的英雄

5.　an *outright* denial　斷然的否定

6.　a *true* scholar　眞正的學者

7.　*pure／sheer* luck　純粹(是)運氣

8.　the *simple* truth　純粹的事實(眞相)

9.　a *clear* victory　完全的勝利

10.　an *utter* fool　十足的笨蛋

以上 1 至 10 例子中，形容詞都是強調詞，大多是修飾名詞某些性質的程度或身份。例如 firm 指的是 friendship「友誼」是堅定，並非 friend 這個人本身是「堅固的」(firm 的本義)。其他如「十足」「眞正」「完全」「純粹」等，都是強調語氣用詞，也多少與這些字的本義不同，例如 clear victory 中的 clear 並不表示「清楚」之意。

類似的強調形容詞有 definite、plain、great、old(如 old friend 「老朋友」指的是「友誼」本身之「久」而非「人」的年歲老。因此

我們可以說 That young boy is an *old* friend of mine.)、extreme、entire 等。

(2)　限制形容詞(restrictive adjectives)

　　有些形容詞對其修飾之名詞的指稱加以限制，這類「限制形容詞」通常也只用於屬語修飾位置。例如：

1. a *particular* teacher　某位老師
2. a *certain* studeut　某個學生
3. the *main* reason　主要的理由
4. the *same* suggestion　同樣的建議
5. the *only* candidate　唯一的候選人
6. my *chief* excuse　我主要的藉口
7. the *very* room　正是這房間
　　（＝the same room）
8. the *specific* spot　特定的地點

　　我們不可以說 * The reason is main, * The suggestion is only, * The room is very 等。

　　類似的限制形容詞有 precise, exact, sole 等。

(3)　某些與副詞相關的形容詞

　　有些形容詞修飾名詞時，常帶有副詞的性質。例如：

1. our *former* director (formerly our director)
　　我們從前的主任
2. her *present* husband (her husband at present)
　　她現在的丈夫

3. an occasional customer（occasionally a customer）
偶爾來的顧客

4. the *late* king（the man who was formerly the king but is now dead） 已故的國王

5. a *big* eater（a person who eats a lot） 食量大的人

6. a *hard* worker（a person who works hard） 勤勞的工人

　　以上例子依其後所附的中文意思使用時，只能置於名詞前面，不可以用於述語修飾位置。我們不可以說＊ An eater is big，＊ The king is late，＊ Our director is former。當然，這些形容詞中，有些是可以用於述語位置的，但其語意與例子中的不一樣。例如，我們可以說 The king is late（國王遲到了）〔不是死了〕，Her husband is present（她的丈夫出席了，來了）〔不是現任丈夫之意〕。

　　類似的例子有，*heavy* smoker「煙癮很重的人」，*sound* sleeper「熟睡的人」，*possible* enemy「可能的敵人」，*past* employees「過去的雇員」等。

(4)　某些與名詞相關的形容詞

　　有些由名詞加上 -ar、-en、-ic、-an、-al、-ly 字尾衍生而成的形容詞，也只用於屬性修飾位置。例如：

1. a *polar* bear　北極熊　（名詞 pole）

2. *earthen* pot　沙鍋　（名詞 earth）

3. *silken* dress　絲織的洋裝　（名詞 silk）

4. *atomic* scientist　原子科學家　（名詞 atom）

5. *electronic* engineer　電子工程師　（名詞 electron）

6. *urban* population　都市人口　（名詞 urb〔美式英語〕）

7. *criminal* court　刑事法庭　（名詞 crime）

8. *medical* student　醫科學生　（名詞 medicine）

9. *monthly* magazine　月刊　（名詞 month）

這些例子大多數不能分等級(亦即不能比較的)。因此，我們不但不可以說＊The bear is polar, ＊The scientist is atomic 等，同時也不可以說＊This bear is more polar than that one,＊This student is more medical than that one。

4.2.1.2　只能用於述語修飾位置的形容詞

(1)　形容詞詞組如含有修飾形容詞的詞語時（如 afraid *of her,* able *to win*），只能用於述語修飾位置。例如：

1. She is *afraid of her boss*.　她怕她老闆。

2. She is *afraid that she may fail*.　她怕她會失敗。

3. I am *fond of her*.　我喜歡她。

4. He is *able to do it*.　他能做這事。

5. I am *conscious of my own weaknesses*.　我了解（知道）我自己的弱點。

6. This plan is *subject to your approval*.　這計劃須經你同意。

7. We are happy *about the result*.　我們對這結果覺得很高興。

其他類似的例子如 afraid about..., answerable to.... (對…負責), averse to (from) ... (反對…)；happy to V, happy＋that

子句，happy with...，loath to V（不願意），tantamount to...（與
…相等），exempt from...（免於…）等。

(2)　很多字首字 a-的形容詞，只用於述語修飾位置。例如：

1.　She is ***asleep***.　她睡着了。

2.　The patient is still ***alive***.　病人還活着。

3.　The man in ***alone***.　這人是單獨的。

4.　The house is ***afire***.　這房子起火了。（非常典雅的文學
用語，平常我們會說 The house is on fire.）

5.　The two sisters are very much ***alike***.　這兩姊妹十
分相像。

其他的例子如 ablaze（着火）、afloat（漂浮的）、ajar（半開的）、
ashamed（羞愧的）、adrift（漂流的）、akin（相近）、aghast（嚇呆
的）、averse（反對的）、aware（知道）等。

4.2.2　後位修飾(Postpositive)

形容詞如置於被修飾的名詞後面，稱爲「後位修飾形容詞」(post-
positive adjective)。後位修飾有下列兩種情形。

(1)　通常以-body、-one、-thing、-where 結尾的複合詞，形容詞
置於其後。例如：

1.　This is ***something useful***.　這是有用的東西。

2.　Do you see ***anything wrong***?　你看見有什麼不對勁
嗎?

3.　***Anyone intelligent*** can do it.　任何聰明人都會做這

事。

4. Shall we go *somewhere quiet*?　我們到一個安靜的地方去好嗎?

(2)　一些固定的詞語。例如:

1. the president *elect*　總統當選人

2. heir *apparent*　指定繼承人

3. attorney *general*　首席檢察官

4. from time *immemorial*　太古以來

5. the minister *designate*　尚未就任的部長

6. Poet *Laureate*　桂冠詩人

7. the sum *total*　總數(額)

8. Postmaster *General*　郵政部長

9. court *martial*　軍事法庭

10. notary *public*　公證人

11. body *politic*　國家

12. the person *opposite*　對面的人

13. Asia *Minor*　小亞細亞

14. devil *incarnate*　魔鬼化身

15. Monday to Friday *inclusive*　從星期一至星期五(美式英語也說成 Monday through Friday)

16. F *sharp*　F升半音

17. C *major*　C大調

18. A *minor*　A 小調

19. the best candidate *available*　能找到的最佳人選

20. the best method *possible* 可能的最佳方法

21. in the years *past* 過去的歲月

22. the house *ablaze* 着火的房子

23. the ship *afloat* 漂浮的船

24. the students *present* 出席的學生

25. the people *involved* 牽涉其中的人

等。

4.2.3 形容詞作名詞使用

形容詞置於 the 後面可使該形容詞具有名詞的功能，可作句子的主詞、受詞或補語。這種用法大致可分成三類：

(1) 「the＋可修飾人的形容詞」。可泛指具有形容詞性質的人，如 the young 泛指年輕的人，the poor 泛指窮人。注意：動詞用複數。

1. *The poor* need our help. 窮人需要我們幫助。

2. There is usually some kind of generation gap between *the old* and *the young*. 青年與老人之間常有某種代溝。

3. *The mentally retarded* need special education. 智障者需要特殊教育。

(2) the＋表示國家的形容詞可泛指該國人。這類國籍形容詞大多限於-ch 及-sh 結尾的字。例如：

1. *The British* were nearly defeated in the Second World War. 第二次世界大戰時英國人差點戰敗。

2. **The French** are linguistic chauvinists. 法國人是語言自大主義者。

其他例子如 the Danish (丹麥人)、the Irish (愛爾蘭人)、the Spanish (西班牙人)、the Dutch (荷蘭人)、the Turkish (土耳其人)、the Welsh (威爾斯人)、the English (英格蘭人) 等。

另外，有些-se 或-ss 結尾的字也有此用法。例如: the Chinese (中國人)、the Swiss (瑞士人)、the Japanese (日本人)、the Burmese (緬甸人) 等。

(3) the＋形容詞可指抽象的事物，當形容詞為最高級形式 (如 the last、the latest 等) 時，尤其如是。例如:

1. **The best** is yet to come. 最好的還未來到。

2. **The unknown** is always frightening. 未知 (之事／之世界) 總是使人害怕的。

3. **The latest** is that we have won the game. 最新的 (消息) 是，我們已經贏了。

類似的例子如: the supernatural (超自然的 (事物))、the unreal(不真實的(事物))，the exotic(異國的(事物))、the sublime (卓越的 (事物)) 等。

(4) 在一些固定的片語中，有些形容詞可視作介詞的修飾語。例如: for the good of (為…的利益)、for good (永遠地)、for sure (確然)、for certain (一定)、in public (公開地)、in private (私下地)、in secret (秘密地)、in the nude (裸體／露地)、in the wild

（在荒野）、in short（簡單地說／簡記）、in the dead of the night（深夜）、in the dead of the winter（隆冬）、to the full（完全地）、to the last（至終）、from bad to worse（每況愈下）、in the extreme（極端地）、above normal（超出正常）、below normal（低於正常）、in common（相同）、in general（通常）、in brief（簡言之）、on the loose（自由／無拘束）、at last（終於）、at least（至少）、at most（至多）、at best（至好）等。

4.3. 形容詞的語意分類 (Semantic Classification of Adjectives)

依語意層面來看，形容詞有三種特性：

(1) 靜態／動態

大多數形容詞在語意上都是靜態(stative)的，亦即是描述一種狀態，但有些形容詞，特別是一些可受主觀衡量／判斷影響的形容詞，在語意上比較「動態」(dynamic)。當然，這「動」與「靜」之分，並非動態形容詞含有「動作」，而是比較上，動態形容詞比較能具有動作（態）動詞的文法特點，例如可與進行式連用，可用於祈使句等。例如，「靜態」形容詞 tall 就不可用於進行式或祈使句，我們可以說：

    1. She is tall.

但却不能說：

    2. ＊Be tall. 或

    3. ＊She is being tall.

然而，「動態」形容詞 patient「有耐心的」却可用於進行式及祈

使句。我們不但可以說：

    4. She is patient. 她很有耐心。

也可以說

    5. (Please) Be patient. （請）耐心點。

    6. She is being patient. 她現在正是很有耐心。

    以上 1 至 6 句說明了「靜態」與「動態」形容詞之間文法上的分別。至於語意上的分別，大體說來「動態」形容詞所描述的性質通常限於短暫的情況，同時這種性質多受說話者主觀判斷所影響。例如，對「耐心」程度的判斷是比較主觀，而 She is being patient. 所描述的情況也只是指說話當時之情形，也許半小時以後「她就沒有耐心」也說不定（如果描述「她」的性情，我們會說 She is patient. She is a patient person. 或 She is usually/always patient. 等）。比較之下，對 tall 的程度的判斷就比較「客觀」了，高度有客觀的量度（多少呎、多少公分等），而「高」這種情況也比較「長久」些，總不會是「現在高」，過兩天之後就「不高」。

    類似 patient 之「動態」形容詞有：

adorable	可愛	ambitious	有雄心
awkward	笨拙	brave	勇敢
calm	鎮靜	careful	小心
considerate	體貼	cheerful	愉快
clever	聰明	cruel	殘酷
complacent	自滿	disagreeable	討厭
dull	呆板	enthusiastic	熱心
foolish	笨	friendly	友善
funny	可笑	generous	大方

gentle	溫柔	good	好
greedy	貪心	helpful	有幫助
impatient	沒耐心	jealous	妒忌
kind	仁慈	lenient	寬大
loyal	忠心	naughty	頑皮
nice	好	noisy	吵鬧
patient	有耐心	reasonable	講理
polite	有禮貌	rude	無禮／粗魯
serious	認真	slow	慢
stupid	笨	stubborn	固執
suspicious	懷疑	talkative	健談
tidy	整潔	thoughtful	小心／體貼
unfaithful	不忠	untidy	不整潔
vain	愛虛榮／自負	witty	詼諧／機敏

等

⑵ 可分等級／不可分等級

大多數的形容詞所描述的性質都可分等級(gradable)，例如 good、 very good、 extremely good、 better、 best。某種性質 的「可分等級」特性主要從「比較式」看出來。例如:

short 矮　short*er* 更矮　short*est* 最矮

careful 小心　*more* careful 更小心　*most* careful 最小 心

當然，「可分等級」特性也可透過是否可用表示強調程度的副詞看 出來。例如:

very short 很矮　*so* short 這麼矮　*extremely* short 極矮

very careful 很小心　*so* careful 這麼小心　*extremely* careful 極小心

所有「動態」形容詞及大多數「靜態」形容詞都是「可分等級」的。然而，少數「靜態」形容詞却是「不可分等級」(nongradable)的。例如：

強調形容詞：outright、sheer、utter 等。

由名詞衍生的形容詞：atomic、polar、earthen yearly、monthly、medical、criminal 等。

一些表示來源／出處的形容詞：British、Spanish 等。

我們不可說 * very outright、* so utter、* most atomic、* extremely polar、* more monthly、* very British 等。

(3)　本義／非本義

依本義(inherent)使用的形容詞通常是直接描述名詞所指的人或事物本身的性質。例如：a *big* box。big 直接描述名詞 box 之性質，「大的箱子」。但是，如果形容詞描述的是名詞基本語意的某種延伸意義時，我們稱爲「非本義」(noninherent)的用法。例如 a *big* eater 並不是「個子／塊頭大的食客」，而是「食量大的食客」，big 所修飾的是 eater 一字所蘊含的「食／食量」之延伸語意。同理：a *wooden* box「木做的箱子」是「本義」修飾，但在 a *wooden* actor「呆板的／無表情的演員」中，wooden 是「非本義」的修飾 (因爲該演員不是木頭做的)，wooden 只是描述 actor 一字所蘊含的「演技」之延伸語意。

類似的本義與非本義用法之區別如：

本義	非本義
a former reason　前述的理由	a former wife　前妻
an old man　老人	an old friend　老朋友
a complete answer　完全的答案	a complete stranger　完全陌生的人
a perfect alibi　完美的藉口	a perfect stranger　完全陌生的人
a firm handshake　一次有力的握手	a firm friend　堅定的朋友
a true report　眞實的報告	a true scholar　眞正的學者

等

綜合而言，形容詞上述三種語意特性與文法用法方面有所關連。

大體上，我們可記住以下幾點：

(a)　「動態」形容詞可用於祈使句及與進行式動詞連用；而「靜態」動詞通常則不可。

(b)　可分等級的形容詞可以有比較用法，也可被強調程度的副詞修飾；而不可分等級的形容詞則不可。但注意：不可分等級的形容詞數目不多。（參看以上第(2)小節）

(c)　本義與非本義用法與形容詞在句中的位置相關，非本義用法通常不可以用於述語修飾位置（例如＊The stranger is complete. ＊The actor is wooden.等）。

4.4　形容詞的比較(Comparison of Adjectives)

4.4.1　比較式的形式

對「可分等級」的形容詞(gradable adjectives)而言，可以有三種比較詞形，分別是「原級」(positive 或 absolute degree,如 small、beautiful)、「比較級」(comparative degree,如 smaller、more beautiful)以及「最高級」(superlative degree,如 smallest、most beautiful)。原級的詞形不變,比較級與最高級有兩種構成方式,其一是加詞尾-er, -est，另一方式則在原字之前加 more、most。大多數的形容詞的比較式都是這種規則變化所構成。除此之外，還有一些形容詞比較式是不規則變化所構成。以下我們分別說明形容詞比較形式構成應注意的一些事項。

(1)　何時用詞尾-er/-est，何時用 more/ most?

一般說來，這種選擇大多取決於形容詞本身的長度。

(A)　單音節的字通常用詞尾-er、-est。例如:

原級	比較級	最高級
low	lower	lowest
cold	colder	coldest

但注意: real、right、wrong 及 like 用 more／most。

(如 He is more like his mother.)

(B) 雙音節的字大多數用 more／most，但有些雙音節的形容詞也可以用詞尾-er、-est，特別是字尾是 *-y*、*-ow*、*-le*、*-er*、*-ure* 的形容詞。例如：

early	earlier	earliest
easy	easier	easiest
funny	funnier	funniest
happy	happier	happiest
noisy	noisier	noisiest
pretty	prettier	prettiest
narrow	narrower	narowest
able	abler	ablest
gentle	gentler	gentlest
simple	simpler	simplest
clever	cleverer	cleverest
mature	maturer	maturest
obscure	obscurer	obscurest

注意：(a) 以上這些形容詞都可以用 more／most 形式取代。

　　　(b) -er 結尾之字中，eager 及 proper 不能加詞尾。只能加 more／most.

　　　(c) 雙音節字如 common, polite, quiet, cruel, solid, pleasant, handsome 等雖然可以加-er／-est，但現代用法比較趨向用 more 及 most.

(C) 三音節及更長的形容詞只能加 more／most。例如：

beautiful	more beautiful	most beautiful
capable	more capable	most capable

注意: 含 un—字首的形容詞例外, 也可以用-er／-est, 如 un-
　　　happier／more unhappy, untidier／more untidy。

(D)　分詞形式的形容詞用 more／most。例如:

interesting	more interesting	most interesting
worn	more worn	most worn
exciting	more exciting	most exciting

　　總合而言, 在當代英語中, 除單音節字以外, 形容詞的比較形式
多趨向使用 more／most 構成。❶

(2)　加詞尾-er／-est 時, 拼寫上應注意事項。

　　形容詞加-er／-est 時, 拼寫上與動詞加-ing、-s、-ed 時相似。(參
看上冊第六章 6・8 節)

(A)　如單音節形容詞字尾為單子音, 其前面只有一個母音 (唸短
音), 亦即是 CVC 形態時, 字根之最後子音要重覆。例如:

big	bigger	biggest
fat	fatter	fattest
sad	sadder	saddest
thin	thinner	thinnest
hot	hotter	hottest

注意: cruel 有兩種拼法 crueller／crueler, cruellest／
　　　cruelest。(美式英語比較喜歡不重複字母 l)

(B)　原字結尾爲 y 時，y 改爲 i 再加-er／-est. 例如：

| early | earlier | earliest |
| happy | happier | happiest |

(C)　原字結尾爲不發音的字母 e 時，刪除 e 再加字尾-er／-est（亦即只須加上 r／st）。例如：

sure	surer	surest
pure	purer	purest
brave	braver	bravest
free	freer	freest

(3)　加詞尾-er／-est 時，發音上應注意事項。

(A)　雙音節詞如第二音節含音節化〔l̩〕音時，加-er／-est 時，第二音節刪略，例如：

simple [ˈsɪmpl̩]　simpler [ˈsɪmplɚ]

simplest [ˈsɪmplɪst]

noble [ˈnobl̩]　nobler [ˈnoblɚ]

noblest [ˈnoblɪst]

因此，加了-er／-est 後仍爲兩音節。

(B)　字尾爲 ng（發音爲 [ŋ]）之形容詞，加-er/-est 後，在 [ŋ] 後加 [g] 音，例如：

long [lɔŋ]　longer [ˈlɔŋgɚ]

longest [ˈlɔŋgɪst]

類似的例子如 strong、young 等。

⑷　不規則變化(Irregular forms of comparison)

(A)　有少數形容詞比較級及最高級與原式之字根不同，爲不規則的變化。例如：

good, well (＝healthy)	better	best
bad, ill	worse	worst
much	more	most
many	more	most
little	littler / less / lesser	littlest / least / least
far	further / farther	furthest / farthest
old	older / elder	oldest / eldest

(B)　good、well 與 ill

well（健康）與 ill（不健康／身體不好）的比較形式與 good 及 bad 一樣。例如 He feels better／He feels worse、他覺得好了些／他覺得更不舒服。

但注意：表示「健康／身體好」之語意，動詞爲 be 時，well 不可

以有最高級用法。He is well「他身體健康」，但不可說＊He is best。至於 He is better 則有兩種可能的意思，一是「他康復了」，另一是「他比較好了些」。

另外 good、ill、well 的複合詞可以有兩種比較形式。例如：

good- looking $\begin{cases} \text{better- looking} \\ \text{more good-looking} \end{cases}$ $\begin{cases} \text{best-looking} \\ \text{most good-looking} \end{cases}$

(C)　little、less、leser

little 表示大小時, 其比較形式與 small 一樣, smaller, smallest。

1.　Tom is only a $\begin{cases} \textbf{\textit{small}} \\ \textbf{\textit{little}} \end{cases}$ boy.　Tom 只是個小男孩。

2.　He is **_smaller_** than Pete.　他比 Pete 小。

3.　He is the **_smallest_** in his class.　他是他班上最小的。

注意：在口語中, 偶爾會用 littler 及 littliest。例如: He is my littliest clild.

less 表示程度「較少」, 與 more 相反。例如: He wants to drink **_less_** water.

lesser 用於屬性修飾位置, 表示「較不重要／次要」。例如: to a **_lesser_** degree「較小的程度」, a **_lesser_** writer「次要的作家」, a **_lesser_** nation「次要的／次級的國家」, the **_Lesser_** Antilles「小安替列斯（群）島」（比較 the Greater Antilles）。

(D)　older／oldest 與 elder／eldest

older／oldest 指年齡較老／最老, 以及較舊／最舊之意, elder 及 eldest 指家庭中年紀較大／最大(這種區別, 在英式英語中很常用;

美式英文中則常可用 older／oldest 取代 elder／eldest)。

1. She is my *elder* sister.　她是我姊姊。

2. She is *older* than me (I).　她比我大。

3. She is the *older* of the two women.　她是這兩個女
人中比較老的一位。

(E)　farther／further, further／furthest

通常這兩種形式都可通用，但在一般人的用法中，farther／far-
thest 只限於實際具體的距離(physical distance)，其他一切情形都
用 further／furthest。例如：

1. My house is *farthest* from the railroad station.
我家離車站最遠。

2. I have no *further* question.　我沒有進一步的問題。

事實上，現代用法中，距離也可用 further／furthest。例如：My
house is *furthest* from the railroad station.

(F)　「不可分等級」(nongradable)的形容詞不可以有比較形式。
（如 former、utter、outright、upper、inner、only、unique、
infinite、yearly、medical、polar、tidal 等。）

4.4.2　比較句式

比較句式的結構有下列幾種：

(1)　同等程度的比較

同等程度的比較用以下句式：

as＋形容詞原級＋as

1. Mary *is as intelligent as* Alice.　Mary 與 Alice 一樣的聰明。

2. The boy is *as tall as* his father.　這男孩跟他的父親一樣高。

3. He is *as honest as*　(he is)generous.　他又誠實又慷慨。

(2)　不同等程度的比較

(A)　較優的比較用以下句式：

形容詞比較級＋than

1. He is *more intelligent than* his elder brother.　他比他哥哥聰明。

2. This pencil *is longer than* that one.　這枝鉛筆比那枝長。

3. He is *older than* I expected.　他比我預期的要老。
   （＝I didn't expect him to be so old.　我沒想到他會這麼老。）

4. I read *more* books *than* you (do).　我看的書比你多。

5. You seem *more nervous than* she(does).你似乎比她更緊張。

如比較同一人（或事物）的兩種不同性質時, 比較常用 more 形式, 例如：

6. He is *more happy than excited*. 他高興（之情）多
   於興奮。

7. She is *more surprised than frightened*. 她驚訝多
   於害怕。

表示大小的形容詞可用-er 字尾，例如：

8. This box is *longer than* it is wide. 這箱子長度比
   寬度大。

(B) 較劣的比較用以下句式：

   not so/as＋形容詞原級＋as

   或 less＋形容詞原級＋than

1. He is *less intelligent than* you (are). 他不及你聰
   明。

2. He is not *so* (*as*) *intelligent as* you (are). 他不
   及你聰明。

同一人（或事物）之兩種性質比較：

3. He is *less intelligent than* he is diligent. （＝He
   is more diligent than intelligent.）他勤勉勝過聰明。

4. He is *not so* (*as*) *intelligent* as he is diligent. 他
   勤勉勝過聰明。

(3) 三個或以上的人或事物的比較用

   the ＋最高級＋of（人或物）

   或 the＋最高級＋in（地方）

1.　John is *the tallest* boy *in the class*.

　　John 是班上最高的學生。

2.　He is *the youngest* (one) *of the three boys*.

　　他是三個男孩中最小的一個。

3.　She is *the cleverest of them all*.

　　他是他們當中最聰明的一位。

4.　Taipei is *the biggest* city *in Taiwan*.

　　臺北是臺灣最大的城市。

注意：(a)　類似的語意可以用其他比較句式表示。例如例句 1.可
　　　　　以說成：

5.　John is taller than any other boy in the class.

或6.　No other boy in the class is taller than John.

或7.　No other boy in the class is so／as tall as John.

或8.　John is taller than anyone else in the class.

　　(b)　最高級形容詞常與含完成式動詞的關係子句連用。例
　　　　如：

9.　This is *the best* novel (*that*) *I have ever read*.

　　這是我所看過的小說中最好的一本。

10.　He is *the kindest* man *I have ever met*.　他是我
　　遇見過最好的一個人。(這些句子也可用比較級表示，如 I
　　have never met a kinder man than he.)

(4)　表示漸增或漸減用以下句式：

　　比較級＋and＋比較級

1.　The weather is getting *hotter and hotter*.　天氣愈

來愈熱。

2. She became *less and less curious*. 她變得愈來愈不好奇。

3. The students are getting *more and more restless*. 學生們愈來愈煩燥不安。

(5) 對稱的比較用以下句式：

the＋比較級…, the＋比較級…

1. *The older* he grows, *the wiser* he becomes. 他愈老愈有智慧。

2. A: Do you like a big apartment? 你喜歡大的公寓嗎？

   B: Yes, *the bigger the better*. 是的，愈大愈好。

3. The *more time* you spend in your study ,the *better grades* you will get in the exam. 你花在唸書上的時間愈長，考試就會得到愈高的分數。

(6) 倍數的比較用以下句式：

倍數詞＋as＋形容詞原級＋as

1. I have *twice as many* magazines *as* he (has). 我的雜誌比他的多上兩倍。

2. This room is *three times as big as* that one. 這個房間比那個大三倍。

3. I only have *half as many* students *as* he (has). 我的學生（的數目）只有他的一半。

4.4.3　比較句中應注意的事項

(1)　最高級形容詞前面要用定冠詞 the，後面接 of 或 in 引導的片語。比較級前面則不用 the，但如其後接 of the two 時，則要加 the，例如：

1.　He is *the cleverest* (student) *in the class*.

2.　He is *cleverer than* she.

3.　He in *the cleverer of the two*.　他是這兩者中比較聰明的一位。

(2)　most＋形容詞，若 most 前面沒有 the，則這個 most 表示 very 之意。She is *most helpful.* 等於 She is *very helpful*. most 這種用法常與 kind、annoying、apologetic、exciting、important 等連用。

(3)　比較句式中，對比的兩項應該平行對等。例如：

1.　* The lab on the second floor is cleaner than the *third floor*. （這句不妥之處在於相比之兩項不對等，一者是「二樓的實驗室」，另一者則是「三樓」。）

正確的說法應該是：

1.a.　The *lab* on the second floor is cleaner than *that* on the third floor.　二樓的實驗室比三樓的（實驗室）乾淨。

同理：

2.　* The *style* of the second edition is more up- to-

date than **the first one**.　*第二版的風格比第一版
更合時。

2. a.　The **style** of the second edition is more up-to-
date than **that** of the first one.　第二版的風格比
第一版的更合時。

3.　* Her **watch** is more expensive than **you**.　她的
手錶比你貴。

3. a.　Her **watch** is more expensive than **yours**.　她的
手錶比你的貴。

(4)　比較句中，than 後面之代名詞可以用主格（正式用法）或受格
（非正式口語）。例如：

正式：You are stronger than **I am.**

正式：You are stronger than **I.**

非正式：You are stronger **me.**

(5)　有些形容詞的比較級後面用 to 而不用 than。

He thinks he is **superior to** us.　他以爲他比我們優越。

類似的字不多，多屬外來字，如 inferior「劣於」、senior「長於」、
junior「幼於」、anterior「早於／前於」、posterior「後於」、prior「前
於／早於」等。

(6)　雙重比較式是不對的。例如：

1.　* He is **more stronger** than I/ me.

正確的說法是：

2.　He is *stronger* than I/ me.

如眞的要強調比較級的形容詞時，可以用 much/ far.

3.　He is *much/ far* stronger than I/ me.

4.5　形容詞的順序(Sequence of Adjectives)

如在屬性修飾位置上,有兩個或兩個以上形容詞修飾同一名詞時,
這些形容詞通常會有一定的順序。例如：

1.　*a beautiful young Chinese* girl　一位美麗的年靑中
國女孩

2.　*that excellent new* car　那輛極好的新車

3.　*red velvet curtains*　紅色的天鵝絨窗簾

4.　*a little brown* dog　一隻棕色的小狗

形容詞的順序可以綜合如下表：

定詞	數詞	一般性質	外在形態	國籍、宗敎、以及一些-al,-ic(al)語尾的形容詞	名詞或V-ing形式	名詞
all	one	beautiful	big	Chinese	silk	girl
both	two	expensive	little	French	cotton	student
a	ten	famous	long	Spanish	college	car
the	first	gifted	cirrlar	Catholic	fishing	machine
this	second	multipurpose	old	commercial	stone	area
that	等	air-conditioned	young	electronic	jet	district

some every 等	useful charming 等	hot cool blue red 等	residential 等	copying opera 等	plane house singer 等

注意：(a)　定詞的順序是：表分詞＞冠詞／指示詞／所有格＞不定形容詞。如 **both the** brothers。

(b)　數詞的順序是：序數＞基數。如 **the first two** chapters。

(c)　外在形態形容詞的順序是：大小＞外形＞年齡＞溫度＞顏色。如 a **little red** car; **two** little **red** tags 等。

以上表格之順序有時候可以有所不同，例如：a beautiful young girl 有時候也可說成 a young, beautiful girl。但一般而言，表中的順序是比較常用的。其他的例子如：

5.　**an air-conditioned white** car

一部有冷氣的白色汽車

6.　$\left\{\begin{array}{l}\textbf{\textit{both the}} \\ \textbf{\textit{the two}}\end{array}\right\}$ **gifted young Chinese college** student

那兩位有天份的年輕的中國大學生

7.　**the first two multi-purpose electronic copying** machines　最早的兩部多功能電子複印機

8.　**several comercial** jet planes　幾架商用飛機

《做練習下冊，習題 5 及 6》

---

❶ 以下單音節形容詞，主要加-er／-est 構形其比較級及最高級形式：big、clean、fast、great、hard、high、low、old、quick、small、thick、thin、tight、wide、young 等。

第五章

副詞
(Adverbs)

5.1 副詞是什麼

簡單地說，副詞是修飾動詞、形容詞或另一副詞的語詞。例如：

1. He runs *fast*. 他跑得快。

2. She is *very* happy. 她很快樂。

3. She sings *extremely* well. 她唱得好極了。

比較廣義的看，副詞也包括具有上述功能的詞組（如介詞（組）片語，名詞組等）。例如：

4. We did it *on purpose*. 我們故意做（這事）的。

5. He came *this morning*. 他今天早上來了。

至於具有副詞功能的子句(如 He saw me *when I was in New York*.)，我們將在「連接詞與子句」一章中再詳加討論。本章所指的副詞，是指類似例句 1 至 5 中斜體的單字及詞組（片語）。

5.2 副詞的種類與位置(Types and Positions of Adverb)

副詞可以分成「狀態副詞」(adverbs of manner)、「地方副詞」(adverbs of place)、「時間副詞」(adverbs of time)、「頻率副詞」(adverbs of frequency)、「程度副詞」(adverbs of degrees; 又稱為「強調詞」intensifiers)，以及「句副詞」(sentence adverbs)六種。

副詞在句中出現的位置比形容詞來得自由。最廣泛的通則是：修飾動詞的副詞出現在句末位置；修飾形容詞及副詞的副詞（如程度副詞）置於被修飾的字之前；修飾全句的句副詞置於句首位置。

5.2.1 狀態副詞(Adverbs of Manner)

狀態副詞表示動作的狀態，通常置於句末位置。例如：

1. She sang *beautifully* (happily 等). 她唱歌唱得很甜美（很快樂等）。

2. I can type *fast*. 我打字可以打得很快。

3. He came *reluctantly*. 他勉強地來了。

4. I wrote the letter *with care*. 我小心地寫這封信。

-ly 結尾的副詞有時候也可以置於動詞前面(句中位置)。這種位置常用於「動詞＋受詞」的句子中，尤其是受詞後面帶有片語或子句修飾語時，副詞更要置於動詞前面。例如：

5. She *proudly* showed me the book (that) her father gave her. 她得意揚揚地把她父親給她的書拿給我看。

狀態副詞可作 how 起首的 Wh 問句的回應。例如：

6.　A: ***How*** did she sing?

　　B: She sang ***beautifully***（或 ***Beautifully***）.

7.　A: ***How*** did he come?

　　B: He came ***reluctantly***（或 ***Reluctantly***）.

5.2.2　地方副詞(Adverbs of Place)

地方副詞表示動作之處所，通常置於句末位置。例如：

1.　He went ***upstairs***.　他到樓上去。

2.　She stayed ***inside***.　她留在裏面。

3.　I sent him ***away***.　我叫他走開。

4.　I met him ***at the station***.　我在車站遇到他。

5.　John went ***there*** yesterday.　John 昨天到那兒去。

其他常用的地方副詞如：here、everywhere、outside、nowhere、in the kitchen 等。

地方副詞可作 where 起首的 Wh 問句的回應，例如：

6.　A: ***Where*** did he go?

　　B: He went ***upstairs***.（或 ***Upstairs***）

7.　A: ***Where*** did she stay?

　　B: She stayed ***inside***.（或 ***Inside***）

5.2.3　時間副詞(Adverbs of Time)

⑴　時間副詞表示動作之時間，通常置於句末位置。常用的時間副詞如 ***yesterday***、***now***、***today***、***afterwards***、***lately***、***soon***、***two months ago***、***for an hour*** 等。例如：

1. He came *yesterday*.　他昨天來了。

2. She is studying *now*.　她現在正在唸書。

3. She is giving a lecture *tonight*.　她今晚要演講。

4. He wrote a letter *a week ago*.　他一星期以前寫了一封信。

(2)　有些時間副詞如 lately、recently、soon、already、immediate-ly 等可以置於動詞組的第一個字（即助動詞）後面。例如：

5. She has *recently* bought a dog.　她最近買了一隻狗。

6. I will *soon* buy a house.　我很快就會買一幢房子。

但如句子為否定句時，這些副詞通常仍置於句末。

7. She hasn't bought a dog *recently*.　她最近沒有買一隻狗。

8. I will not call him *immediately*.　我不會馬上打電話給他。

(3)　時間副詞 still 置於 be 後面以及其他動詞（特別是否定動詞）之前。例如：

9. He is *still* here.　他還在這兒。

10. He *still* doesn't understand.　他還不明白。

(4)　already 與 yet

already 主要用於肯定句，yet 主要用於否定句及問句。例如：

11. Tom has *already* left.　Tom 早已離開了。

12. Have you seen her *yet*?　你見過她沒有？

13. He hasn't come *yet*.　他還沒有來。

(5)　once 置於句末時通常表示「一次」之意，但置於動詞之前或 be 之後時，表示「從前、以前、曾經」之意。例如：

14. I saw him *once* last month.　上個月我見過他一次。
　　 （頻率副詞）

15. I *once* lived in New York.　我從前在紐約住過。

16. He was *once* an army officer.　他曾經是一位軍官。

(6)　時間副詞可作 When 起首的 Wh 問句的回應。例如：

17. A: *When* did he come?
　　 B: He came *yesterday*.　（或 *Yesterday*）

18. A: *When* did he write a letter?
　　 B: He wrote a letter *a week ago*.　（或 *A week ago*）

5.2.4　頻率副詞(Adverbs of Frequency)

(1)　頻率副詞表示動作的次數／頻率，單字頻率副詞通常置於 be 動詞後面，一般動詞前面；片語形式的頻率副詞則置於句末。例如：

1. He is *never* on time.　他從不準時。

2. They are *usually* very polite.　他們通常很有禮貌。

3. Tom *always* comes on time.　Tom 總是準時來到。

4. We *seldom* go downtown.　我們很少到市中心區去。

5. I *often* stay home on Saturday.　星期六我通常待在家裏。

6. She *sometimes* comes to see us.　她有時候來看我們。

7. He comes here *twice a week*.　他一星期到這兒來兩次。

8. We go to school *every day*.　我們每天上學。

注意：often 與 sometimes 也可以置於句末，如 She comes to see us *sometimes*.

(2)　頻率副詞可作 How often 起首的 Wh 問句的回應。例如：

9. A: *How often* does he come here?

　　B: He comes here *twice a week*.　（或 *Twice a week*）

10. A: *How often* is he on time?

　　B: He is *never* on time.　（或 *Never*）

5.2.5　程度副詞(Adverbs of Degree)

(1)　程度副詞又稱為「強調詞」(intensifiers)，通常修飾形容詞或另一副詞，置於其前面，表示其強弱的程度（如「很」、「非常」、「極端」等）。常用的程度副詞有 *very*、*much*、*so*、*too*、*absolutely*、*almost*、*completely*、*entirely*、*enough*、*extremely*、*fairly*、*just*、*nearly*、*hardly*、*far*、*barely* 等。例如：

1. You did it *very* well.　你作得很好。

2. This is *extremely* important.　這事極為重要。

3. Joan is *too* selfish.　Joan 太自私了。

注意：enough 置於形容詞或副詞之後。例如：

big *enough*, good *enough,* fast *enough,* reasonably

enough 等。

(2)　***much*** 與 ***far*** 常與比較級或 too＋原級連用。例如：

1. This solution is ***far/much*** better than that one. 這個解決方式比那個好多了。

2. This ring is ***far／much*** too expensive. 這戒指太貴了。

(3)　***almost***、***barely***、***hardly***、***little***、***much***、***nearly***、***quite***、***rather***、***scarcely***、***really*** 等，也可修飾動詞。除 much 以外，通常置於動詞之前。例如：

1. She ***almost*** succeeded. 她幾乎成功了。

2. I ***nearly*** fell. 我差點跌倒。

3. He ***little*** expected to see us. 他幾乎沒有預期見到我們。

4. I don't like him ***much***. 我不很喜歡他。

5.2.6　句副詞(Sentence Adverb)

有些副詞並不修飾句子中任何語詞，而是修飾全句的句意，常表示說話者對句子所表達的意思所持的看法。這些副詞稱為「句副詞」。句副詞通常置於句首，並可以用逗點與句子分開。例如：

1. ***Obviously***, he is happy. 明顯地，他很快樂。

2. ***Certainly***, I will be on time. 我一定會準時。

3. ***Fortunately***, she came to help us. 很幸運地，她來幫助我們。

注意：(a)　逗點(comma)並不一定需要，例如 Obviously he is happy.　Certainly I will be on time.

(b)　這些副詞所指的是全句之句意。如句 1 中 obviously 是指"he is happy"這件事是 "明顯的"。(試比較 It is obvious that he is happy.)

其他常用的句副詞有：*honestly*、*perhaps*、*frankly*、*luckily*、*unluckily*、*unfortunately*、*naturally*、*officially*、*happily*、*definitely*、*surely*、*presumably* 等。

5.2.7　同一句中副詞的位置

同一句子中，如用上兩個或兩個以上的副詞時，其一般順序是：

地方副詞＋狀態副詞＋頻率副詞＋時間副詞

1. John came *here this morning*.　John 今天早上來過這兒。

2. He put the box *on the table carefully a few minutes ago*.　他幾分鐘前把箱子小心地放在檯子上。

3. She shouted at me *three times this afternoon*.　她今天下午對我吼了三次。

4. She stood *there silently*.　她靜靜地站在那兒。

注意：(a)　狀態副詞通常也可置於地方副詞前面。例如：

He climbed *secretly out of the window*.「他偷偷地爬出窗外去」。但如地方副詞為 here、there、away、back、down、forward、in、off、home、out、up 等字，則狀態副詞置於這些地方副詞之後。見上例句 4 。

(b)　上面所列之順序規則中的「頻率副詞」不包括 always、usually、often、sometimes、never、rarely 等字，這些字還是置於普通動詞之前或 be 動詞之後。

5.3　副詞的形式與語意

(1)　很多副詞都是在形容詞之後加-ly 詞尾而成。例如：

quick, quickly　　　　slow, slowly

happy, happily　　　　extreme, extremely

注意：(a)　字尾爲 y 者，改爲 i 再加-ly，如 happy, happily.

(b)　不發音之字尾字母 e 保留，如 late, lately; immediate, immediately.

例外：true, truly; due, duly; whole, wholly

(c)　-able／-ible 結尾之字，刪去 e 再加 ly。如 terrible terribly; capable, capably.

(2)　有些-ly 副詞的語意比其形容詞的語意範圍要狹窄些。例如 coldly、coolly、hotly、warmly 主要用來描述情緒／感受。

She received us *coldly*.　她冷漠地接待我們。（與「凍」的語意不同）

(3)　有些形容詞與其相對的副詞字形完全不同，如 good、well。有些形容詞如 friendly、likely、lonely 等則沒有對應的單字形式副詞。要表示類似語意時，我們只能說, in a friendly manner、probably、in a lonely manner 等。

(4) 有些副詞有兩種形式, 有-ly 詞尾形式與沒有-ly 形式。其語意常不相同。例如:

　　1. a． He works **hard**.　他努力工作。

　　　 b． He **hardly** works.　他幾乎不做事。

　　2. a． We had to dig **deep** to find the treasure.　我們必須挖得深才能發現寶藏。

　　　 b． She is **deeply** interested in the subject.　她對這學科深感興趣。

類似的例子有:

(adv.) near＝"not far", nearly＝"almost"

(adv.) late＝"not early", lately＝"recently"

(adv.) pretty＝"very", prettily＝"attractively"

(adv.) close＝"near", closely＝"carefally"

(adv.) short＝"sudden", shortly＝"soon"

(adv.) just＝"very", justly＝"fairly, rightly"

(adv.) high＝"at／to a high level", highly＝"very"

5.4　副詞的比較(Comparison of Adverbs)

5.4.1　形式

(1)　副詞比較級及最高級的形成與形容詞相似。單音節副詞加-er, -est 變成比較級及最高級。例如:

　　　　　原級　　　　　　比較級　　　　　　最高級

hard	harder	hardest
early	earlier	earliest
high	higher	highest

(2)　兩音節或更長的副詞加 more 及 most 形成比較級及最高級。例如：

calmly　more calmly　most calmly

fortunately　more fortunately　most fortunately

另外，有些副詞比較形式的變化是不規則的。例如：

well	better	best
badly	worse	worst
much	more	most
little	less	least
far	⎰farther ⎱further	⎰farthest ⎱furthest

5.4.2　副詞的比較句式

副詞的比較句式與形容詞的比較句式相似。詳細規則參看第四章 4.4 節。例如：

1. Peter runs **as fast as** Thomas.　Peter 跑得像 Thomas 一樣的快。

2. They did not wait **as long as** I expected.　他們並 沒有如我所預期的等那麼久。

3. She works **more efficiently** than he.　她工作比他更 有效率。(He does not work as efficiently as she.)

4. He works *less efficiently* than she. 他工作比她效率低。

5. Peter works *most* (*least*) *efficiently* of all. Peter 工作在所有人當中最有（沒有）效率。

6. *The earlier* he gets up in the morning, *the more efficiently* he works. 他早上愈早起，工作就愈有效率。

7. He is running *faster and faster*. 他跑得愈來愈快。

5.5 副詞的文法功能 (Grammatical Functions of Adverbs)

副詞在句子中主要的文法功能有以下幾種：

(1) 修飾動詞。例如：

1. He runs *fast*. 他跑得快。

2. She dances *well*. 她跳舞跳得好。

(2) 修飾形容詞。例如：

1. She is *terribly* nervous. 她非常緊張。

2. The chairman of the committee is *highly* intelligent. 委員會的主席非常聰明。

3. This roon is *rather* small. 這房間頗小。

(3) 修飾另一副詞。例如：

1. They will come *very* soon.　他們很快就會來。

2. She spoke *extremely* vaguely.　她說得極為含糊。

以上三種是副詞最主要的功能。然而，有些副詞還可以修飾其他的詞類。

⑷　修飾介詞及介副詞。例如:

1. I left them *well* behind.　我把他們遠遠地留在後面。

2. The bullet went *right* through his arm.　子彈直穿過他的手臂。

3. She is *dead* against our project.　（不正式）她完全反對我們的計劃。

⑸　修飾不定代名詞、前定詞及數詞。例如:

1. *Almost / Nearly everyone* came to my birthday party.　幾乎每個人都參加我的生日聚會。

2. I interviewed *about / roughly half* the applicants.　我與大約半數的申請人面談過。

3. *Over three hundred* students were absent yesterday.　昨天有超過兩百個學生缺席。

4. I paid *more than fifty dollars*.　我付了不止五十元。

5. They have been doing the same thing for *nearly two* weeks.　差不多兩星期當中，他們都在做同樣的事情。

(6) 有些程度副詞可以修飾名詞及名詞組。例如：

1. She did **quite a job**. 她做得真好。

2. I'll stay here for **quite some time**. 我會在這兒待上好一些時間。

另外，有些時間副詞及地方副詞也可以置於名詞後面，作名詞的修飾語。例如：

the day **before** 前一天

the meeting **yesterday** 昨天的會議

the party **afterwards** 隨後的聚會

my trip **abroad** 我國外的一趟旅行

his trip **home** 他回家的行程

your friend **there** 你在那邊的朋友

the examples **below** 下列的例子

the road **ahead** 前面的路

5.6 副詞移句首與倒裝 (Adverb Preposing and Inversion)

(1) 副詞 away、down、in、out、off、over、around、up 等如與動向動詞連用，可移至句首，其後面的詞序變為動詞＋主詞。例如：

1. a. The students went away. 學生走了。

   b. **Away** went the students.

2. a. The grapes fell down. 葡萄掉下來。

   b. **Down** fell the grapes.

但如主詞為代名詞時，不可倒裝。如 **Away** they went.

另外，一些以 from、in、on、down、over、out of 等介詞引起的副詞組如與表示位置的動詞(如 hang、lie、sit、stand 等)連用時，也可移至句首。其後主詞與動詞倒裝。例如：

1. *From the ceiling* hung a beautiful chandelier.　一盞美麗的吊燈掛在天花板上。

2. In the doorway stood a man with a rifle.　在門口站着一個手拿步槍的人。

注意：here、there 與 be、come、go 連用時，也可以倒裝。例如 John is here. Here's John.　John comes here. Here comes John.　但倒裝的說法與非倒裝者表示的語意有點不同。倒裝法強調即時的情景。John is here. 表示 John 所在之處所，但 Here's John. 則表示 John 剛剛出現或說話者剛找到／發現 John。同理，John comes here. 表示 John 習慣到這兒來，但 Here comes John. 則表示 John 剛剛到達或正在走過來。

(2)　有些含否定語意或限制性語意的副詞或副詞組(如 never、only、not until 等，因要加強語氣而移至句首時，句子中的主詞與動詞組第一個字要倒裝，如句子動詞組中不含助動詞時，要加上適當的 do 動詞，與主詞倒裝。例如：

1.a.　She never visits her aunt.　她從來都不探望她嬸嬸。

 b.　*Never does she* visit her aunt.

2.a.　I hardly ever see him at the pub.　我幾乎從未在小酒吧裏見過他。

 b.　*Hardly ever do I* see him at the pub.

3. a. He can communicate with us only by writing.
他只能用書寫的方式來跟我們通訊。

b. **Only by writing can he** communicate with us.

4. a. She has never said "no" to him. 她從未向他說過
「不」。

b. **Never has she** said "no" to him.

5. a. He became so angry that he could not say a
word. 他生氣到話也說不出來。

b. **So angry did he** become that he could not say
a word.

類似的副詞有 hardly、hardly...when、no soon...than、not
only、not until、nowhere、only in this way、only then、only
when、scarcely ever、seldom 等。

5.7 有關副詞的一些應注意事項

(1) far 的比較級及最高級是 farther／further 及 farthest／fur-
thest，用法上沒什麼限制。例如:

1. We can't go any **further／farther** in this fog. 在
霧中我們不能再往前走了。

但 far 原級通常主要是用於否定句與疑問句。例如:

2. How **far** can you swim? 你游泳能游多遠?

3. I can't swim **far**. 我游不遠。

在肯定句中，a long way 比 far 更常用。例如:

4. They ran **a long way**. 他們跑了很遠。

此外，當程度副詞使用時，far 修飾比較級或 too／so＋原級。例如：

5. He is *far* too busy.　他太忙了。

6. He swims *far* better than Mary.　她游泳比 Mary 游得好很多。

(2)　very 與 much

much（如前面不加 very）通常用於否定句及問句；very 則沒有這種限制。例如：

1. He doesn't swim *much* these days.　這些日子裏他不常游泳。

2. Does he swim *much* lately?　最近他常游泳嗎？

3. How *much* has he swum?　他游泳游了多久？

4. He swims *very* well.　他游泳游得很好。

5. The book is not *very* interesting?　這本書不很有趣。

6. Does he run *very* fast?　他跑得很快嗎？

much 可以修飾比較級，但 very 不可以。例如：

7. She felt *much* better.　她覺得好多了。

（不可說＊ very better）

過去分詞前用 much，不用 very。如 much impressed「印象很深」，much admired「很受仰慕」等，但如過去分詞的形容詞性質很強時，也可用 very，如 very pleased「很高興」，very upset「很不高興」等。但 very much 則沒有這方面的限制。因此，如要避免困擾，可在過去分詞之前用 very much。例如：

8. She was (*very*) *much* admired.　她很受別人仰慕。

9. I am (*very*) *much* impressed by his performance. 我對他的表現印象很深。

(3) hardly、scarcely 及 barely

這三個副詞都含有否定或幾乎是否定的語意。例如：

1. I have *hardly* any time.　我幾乎沒時間。

2. I *scarcely* know him.　我幾乎不認識他。

3. I can *barely* see the road sign.　我剛好看得見那路標。（差點就看不見）

（關於含 no、hardly 等否定語詞之句子的附加問句，參看上冊第 12 章 12.10 節。）

(4) every day 與 everyday

everyday 是形容詞，副詞為 every day，要分開寫。例如：

1. These are my *everyday* shoes.　這些是我平日穿的鞋子。

2. He goes to school *every day*.　他每天上學。

(5) sometime、sometimes、some time

sometime (adv.)是"at a certain time"（在某一時間），*sometimes* (adv.)是"from time to time"（有時候），*some time* (NP)是"a period of time"（一段時間）。前兩者是副詞，後者是名詞組。例如：

1. I saw her *sometime* in April.　我四月間見過她。

2. He *sometimes* goes to church.　他有時候（偶而）會

上教堂。

3. Can you spare me *some time*?　你能勻出一點時間給
我嗎?（some time 做動詞 spare 的受詞）

(6)　maybe 與 may be

maybe 是副詞，意思是"perhaps"（或許／也許）;may be 是動
詞組(VP)，由情態助動詞 may＋be 構成，意思是"be possible"（可
能是）。例如:

1. *Maybe* she'll buy you a present.　也許她會給你買一
份禮物。

2. He *may be* interested in this course.　他可能對這個
課程感興趣。

《做練習下册，習題 7》

第六章

關係子句
(Relative Clauses)

6.1 認識關係子句

關係子句(relative clauses)又稱為形容詞子句(adjective clauses)。其功能與形容詞相同，作名詞的後位修飾語(postmodifier，亦即置於名詞之後的修飾語)。例如：

1. Do you know the boy *who gave me this book?*
   你認識那個給我這本書的男孩嗎？

2. This is the book *that I bought at the sale*. 這是我在減價時所買的書。

在 1、2 兩句中，斜體部分都是關係子句，who 引導的子句修飾 the boy, that 所引導的則修飾 the book。

關係子句的引導字 (如 that、who 等) 稱為「關係代名詞」(relative pronounce)。關係代名詞除具有一般連接詞引起子句的功能以外，同時亦在關係子句中兼負該子句的某個名詞組的功能(例如主詞、受詞、介詞受詞、或補語)。例如句 1 的關係子句中，who 除引導子句以外，還是子句中動詞 gave 的主詞；句 2 的 that 除引導子句以外，

還是關係子句中動詞 bought 的受詞。這種關係，以及關係代名詞的雙重功能，我們可以分析例 1 與 2 兩句，從其中主要子句與從屬的關係子句之間的關係，就可明白。我們可以把 1 與 2 視作以下兩對句子組合而成的結果：

3. a.　Do you know *the boy*?
   b.　*The boy* gave me the book.

4. a.　This is *the book.*
   b.　I bought *the book* at the sale.

3 a 與 3 b 中 *the boy* 所指爲同一人，按關係子句形成法則，合併爲以下句子：

5.　Do you know the boy *who gave me the book*?

同理 4 a 與 4 b 合併爲：

6.　This is the book *that I bought at the sale.*

從以上分析中，我們可明白爲何 *who* 與 *that* 除了連接主句與從屬子句的功能以外，兼具從屬子句本身的名詞組。也因此，文法上特別稱之爲「關係代名詞」，以別於其他只具純連接及引導子句功能的一般連接詞。此外，與關係代名詞指稱相同的名詞（亦卽受關係子句所修飾之名詞）（如 the boy、the book），稱爲其「先行詞」(antecedant)。試比較以下一句：

7.　John didn't come *because he was sick.*

句 7 中 because 引起一個從屬子句，功能爲表示原因的副詞子句，修飾主要子句的動詞組 didn't come，但 because 除此功能以外，在從屬子句中並沒有任何其他文法功能。這點與關係代名詞不一樣。由此可知，關係子句有兩大特點，(1)關係代名詞與其先行詞指稱相同，文法形式一致；(2)關係代名詞在子句中具有文法功能。

　　因此，很多文法書把關係代名詞（或關係副詞等，見下文）所引導的關係子句視為特別的一種子句，以獨立的章節介紹。這一點，本書亦不例外。

6.2　常用的關係子句(Types of Relative Clauses)

　　關係子句可依其先行詞及引導子句的「關係詞」(relative words，如關係代名詞 who、which 等或關係副詞 where、when 等)來分類。常用的幾種如下：

先行詞	關係詞	例
指人	關係代名詞： *who, whom* *whose* 或 *that*	關係詞在關係子句中的功能： 主詞: I know the *boy who* (或 that) gave me the book. 受詞: He liked the *man whom* (或 that) he had hired. 介詞受詞: The *boy* to *whom* she spoke was her cousin. 所有格形容詞: This is the *man whose* picture you just saw. 補語: She is not the type of *person which* your cousin is.
	關係代名詞：	

指物	which 或 that	主詞: This is a **book which** (**that**) describes Africa.
		受詞: This is the **book which** (**that**) I bought yesterday.
		介詞受詞: I saw the **table** under **which** the boy crawled.
		補語: This is the kind of energy-saving **car which** my own is not.
	關係副詞:	
指時間	**when**	That was the **day when** she arrived.
指地方	**where**	This is the **house where** I was born.
指理由	**why**	Please give me a good **reason why** you came here so late.

注意: (a) as、than、but 以及複合詞 whatever、whoever、whichever 等也可當作關係詞使用。因為不及上面所舉之例子常用（如 as、than、but）或引導之子句不是「形容詞子句」（如 whatever 等），我們在下面以另外的小節討論。

(b) 上表中有關關係詞作補語之用法，也比表中其他用法較不常用。

6.3 關係子句的引導詞(Introductory Words of Relative Clauses)

6.3.1 關係代名詞(Relative Pronouns)

關係代名詞與其先行詞在文法形式的「性」(gender)方面要一致。這種呼應主要是建立在「人」（包括陽性與陰性）與「非人」（事；物；「中性」）之分別上。例如：

Tom **who**...	the tables **which**...
the girls **who**...	the tiger **which**...
the director **who**...	the book **which**...
the hostess **who**...	the plan **which**...

另外，先行詞的「數」與「人稱」亦爲關係代名詞的「數」與「人稱」，子句中動詞必須與其一致。例如：

Tom **who is**...	It is I **who am**...
the girls **who are**...	

關係代名詞在關係子句中所具有的文法功能,決定其「格」(case)。如作主詞或補語則爲「主格」，如作受詞或介詞受詞則爲「受格」，如作所有格形容詞時則爲「所有格」。例如：

the boy **who** gave me the book　　（主格）

the man **whom** he hired　　（受格）

the girl to **whom** he spoke　　（受格）

the boy **whose** pencil you just borrowed　　（所有格）

注意: 在正式用法中 one of the...後面之關係代名詞用複數動

詞，而 the only one of the...後面之關係代名詞則用單數。例如 one of the best books that **have** been published; the only one of the books that **has** pleased me.

常用的關係代名詞有：who、whom、whose、which、that。其用法如下：

(1)　who、whom 與 whose

who、whom 與 whose 指人。whose 除指人外，也可以指事物。

(A)　作關係子句主詞時用 who。例如：

1. The man **who stole your money** was arrested.　偷你的錢的那個人被捕了。

2. The girl **who stands by the piano** is my cousin.　站在鋼琴旁邊的那個女孩子是我的表妹。

(B)　作關係子句受詞或介詞的受詞時用 whom。例如：

1. They like the person **whom we have just appointed**.　他們喜歡我們剛指派的那個人。

2. The man **to whom I spoke** was a bank teller.　我跟他談話的那個人是一位銀行出納員。

注意：(a)　在現代英語中，whom 是非常正式的用法，平常用法，尤其是口語裡，常用 who 取代 whom，如 They like the person **who we just appointed**.

(b)　如爲介詞受詞時，who 取代 whom 後，介詞要不能移

前至 who 之前，例如，The man *who I spoke to* was a bank teller.

(c)　如介詞移至關係名詞之前時，必須用 whom，如例句 2。

(C)　作受詞之 whom 可以省略。例如：

1. a.　They like the person *who*(*m*) *we just* appointed.

  b.　They like the person *we just* appointed.

2. a.　The man *who*(*m*) *I spoke to* was a bank teller.

  b.　The man *I spoke to* was a bank teller.

注意：(a)　介詞後面的 whom 不可省略。

(b)　例句 1.a 及 2.a 通常會說成 1.b 或 2.b，或以 that 作關係代名詞（如 They like the person *that* we just appointed.），因爲這樣可以避免選擇 who 或 whom 的困擾。

(D)　代替關係子句中含所有格的詞組時，用 whose。例如：

1.　The woman *whose son you met* is Mrs. Johnson.
　　　你遇見她的兒子的那個女人是 Johnson 太太。

2.　The girl *whose sister is our secretary* is very pretty.　她的妹妹是我們的秘書的那個女孩很漂亮。

句 1 與 2 分別是由 3 與 4 的兩對句子合併而成。

3.　$\begin{cases} \textbf{\textit{The woman}} \text{ is Mrs. Johnson.} \\ \text{You met } \textbf{\textit{the woman's}} \text{ son.} \end{cases}$

4. $\begin{cases} \textit{The girl} \text{ is very pretty.} \\ \textit{The girl's} \text{ sister is our secretary.} \end{cases}$

whose 除可用於人（如上面例 1，2），也可用於物。例如：

5. The book **whose cover is green** is very expensive.
   封面是綠色的那本書很貴。

比較老式的正式用法則避免將 whose 用來代表事物，而用 of which 結構。例如：

6. The book **the cover of which is green** is very expensive.

但句 6 的說法在現代英語中並不常用。用 whose（如例句 5）比較自然。❶

(2) which

(A) which 主要指動物或事物。其主格及受格的形式皆一樣。例如：

1. He threw away the picture **which caused so much controversy.** 他把那張引起這麼多爭議的圖片扔掉。
   （which 作 caused 之主詞）

2. She showed me the new pen **which she bought yesterday.** 她把她昨天買的那枝新筆拿給我看。
   （which 作 bought 的受詞）

3. The table **on which he was standing** belonged to Tom. 他站在上面的那張檯子屬於 Tom 的。（which 作介詞 on 的受詞）

(B)　作受詞之 which 可省略。例如:

　1.　She showed me the new pen she bought yesterday.
但作介詞受詞的 which 省略後, 介詞應置子句末。

　2. The table (which) he was standing *on* belonged to
　　　Tom.

(C)　指事物之所有格的名詞組時, 用of which, 但亦可用
whose。詳細說明及例子參看上面 6.3.1.(1).(D)。

(D)　which 可指前述的整個子句。例如:

　1.　He is always late, *which makes his* boss very up-
　　　set.　他老是遲到, 這使他的老闆很不高興。(which 指 he
　　　is always late 這件事)

　2.　Larry's radio blared out pop music all night,
　　　which kept me awake.　Larry 的收音機整個晚上都
　　　大聲的播放流行音樂, 這使我無法入睡。(which 指 Larry's
　　　radio blared out pop music all night 這件事)

　3.　She said she was rich, *which was not true.*　她說
　　　她有錢, (但) 這不是真實的。

(3)　that

(A)　that 可指人或物, 作主詞或受詞均可。做介詞受詞時, that
不能置於介詞之後, 例如:

　1.　The man *that stole my money* was arrested.　偷

我的錢的那個男人被捉到了。(主詞)

2. I like the pen *that you bought yesterday.* 我喜歡你昨天買的那隻筆。(受詞)

3. The man *that I spoke to* was a bank teller. 我跟他說話的那個人是一位銀行出納員。(介詞受詞)

(B) 作受詞的 that 可以省略。例如:

1. I like the pen *you bought yesterday.*

2. The man *I spoke to* was a bank teller.

(C) 先行詞含形容詞最高級或 the same、the only、the first、the last、the next、all 等修飾語或為 anything、all、everything、nothing、little、much 等不定代名詞時, 通常用 that 而不用 which。例如:

1. He is *the best* teacher *that* we have ever had. 他是我們所有的最好的老師。

2. She was *the only* one *that* came to the party. 她是來聚會的唯一的人。

3. *Anything that* you say will be helpful to us. 你所說的任何事情都會對我們有所幫助。

4. There was *little that* I could do then. (當時) 我能做的事並不多。

5. This is *the finest* food *that* money can buy. 這是用錢能買得到的最好的食物了。

當然, 作受詞時, that 也可省。例如 This is the finest food

money can buy; Anything you say will be helpful to us.

⒟　先行詞如有兩個，一指人另一指物時，用 that。例如：

She told us in detail about all the ***intereting people*** and the ***old buildings that*** she saw in Europe.　她把她在歐洲所見到的所有的有趣的人物及古老的教堂詳細地告訴我們。

6.3.2　關係副詞(Relative Adverbs)

⒜　關係副詞有 where、when、how 三個，分別與表示地方、時間、理由／原因之副詞組相對應。例如：

1. a.　This is ***the house.***
   b.　She was born ***in the house.*** $\Big\}\rightarrow$
   This is the house ***where*** he was born.　這是他在那出生的房子。

2. a.　That was ***the year.***
   b.　Our school was founded ***in the year.*** $\Big\}\rightarrow$
   That was the year ***when*** our school was founded.　那是我們學校成立的一年。

3. a.　That was ***the reason.***
   b.　She told me the truth ***for the reason.*** $\Big\}\rightarrow$
   That was the reason ***why*** she told me the truth.　那是她把真相告訴我的理由。

從上面例句我們可知，關係副詞可以用介詞＋關係代名詞取代。例如：

4. This is the house *in which* I was born.

5. That was the year *in which* our school was founded.

6. That was the reason *for which* she told me the truth.

其他的例子如 the day on which...、the period(of time) during which、...the hotel in╱at which...等。

注意： 例句6中，對 for which 的說法文法學家的意見並不一致。Thomson 及 Martinet（1986, p.83）認爲合文法，而 Quirk 等人（1985, p.1254）則認爲其被接受的程度不高。

(B) 有很多人認爲 the year when、the place where，特別是 the reason why 等說法在語意上有點重複，因此會把冗贅的先行詞省略。例如：

1. This is *where* I was born.

2. That was *when* our school was founded.

3. That was *why* she told me the truth.

(C) 表時間及理由之關係副詞 when 及 why 可以省略；表地方的關係副詞 where 若省略時，要保留介詞。例如：

1. This is *the house* I was born *in*.

2. That was *the year* our school was founded.

3. That was *the reason* she told me the truth.

(D) 注意表示狀態的 how 的用法。how 與 where、when、why

不同，只有省略先行詞或省略 how 本身的用法。先行詞與 how 共存的說法在現代英語中不用。例如：

我們不說：

1. ＊ This is the way how I did it.　這是我做此事的方法。

但是我們可以說

2.　This is *how* I did it.

3.　This is *the way* I did it.

句 2 與 3 意思與句 1 完全相同。

（關於例 1 的用法，參看 Quirk 等人（1985, p.1254）。）

6.4　限制關係子句與非限制關係子句 (Restrictive and Non-restrictive Relative Clauses)

(A)　關係子句從子句本身與其先行詞之間的關係來看，可以分爲「限制關係子句」(restrictive relative clause)與「非限制關係子句」兩種。限制關係子句對其先行詞加以特別的描述或界定，使先行詞與其同類之人或事物有所區別。因此，如要完全瞭解先行詞的意思，限制關係子句是不可缺的。例如：

1.　The man *who lives next door* is his best friend.

　　住在隔壁的那個男人是他最要好的朋友。

例句 1 之關係子句 who lives next door 描述並界定是「什麼人／哪個男人」。因此，如果省略了，我們（至少對聽者而言）便弄不清楚誰才是他的最好的朋友了。亦卽是說，關係子句在所有的"man"當中，限定了其中之一個，不是任一個。由於有這種功能，我們稱句

1 之子句爲「限制關係子句」。限制關係子句與先行詞之間，不用逗點分開，唸起來也沒有顯著的停頓。

(B) 「非限制關係子句」用於本身已有特指(definite) 或經已界定的先行詞(如 my sister、our teacher、that house、these books 等)之後，對其先行詞並不加語意上的限制，而只是提供更多有關先行詞的資訊。因此，非限制關係子句如省略，也不會影響聽者對先行詞確切意思的理解。此外，非限制關係子句與先行詞之間要用逗點(*comma*)分開，說話時先行詞與子句之間要略有停頓。例如：

2. Jane, *who has been singing loudly*, is my neighbor. Jane 是我的鄰居，她一直在大聲唱歌。

在例句 2 中，Jane 是特指一個人，並非任何人，在正常情形下，說話者不必特別的界定哪一個 Jane。因此，關係子句所提供的，只是有關 Jane 的一些額外的資訊而已，本身是可有可無，省略了也不影響基本的句意(Jane is my neighbor)。

由此看來，以代表全句的 which 所引導的關係子句，也是非限制關係子句。另外，以下兩點值得我們注意：

a. 非限制關係子句之關係代名詞 who(m)（指人）或 which（指物／或全句）。但不能用 that。

b. 限制關係子句的關係代名詞如作受詞時可以省略，但非限制子句的關係代名詞不可以省略。

(C) 限制關係子句與非限制關係子句在結構及語意上的區別如上所述。有時候，這種語意上的差別會很大。例如：

1. Her son *who lives in New York* calls her up

every week.　她住在紐約的那個兒子每星期都打電話給
她。

2.　Her son, *who lives in New York,* calls her up
　　every week.　她兒子每星期都打電話給她，他住在紐約。

例句 1 who 引導的是限制關係子句，告訴我們她的兒子不止一
個，而其中住在 New York 的那個每星期打電話給她。其他的兒子可
能不如此。

例句 2 的 who 子句是非限制關係子句，並不從同類人或事物中
界定／指出其中一個，因此也不具有「她兒子不止一個」的含義，她
很可能只有一個兒子，而這兒子住在 New York。所以，對於通常「只
有一個」或聽者與說話者都了解只能有一個的人或事物，如要用關係
子句來修飾時，只能用非限制關係子句了。例如：

3.　His mother, *who lives in New York,* calls him up
　　every week.　他母親每週打電話給他，她住在紐約。

例 3 是很自然的說法，因為他只有一個母親。但如果我們使用限
制關係子句，而說成：

4.　His mother *who lives in New York,* ...

句子 4 就變成「他住在紐約的母親…」，其含義是他還有其他的「母
親」（不住在紐約的）。這在正常情況下是不大可能的事。其他例子如
my father、our principal、the 7:30 train 等等，通常也只有一個。

(D)　非限制關係子句不只可以修飾人，如以上各例句也可以用來修
飾事、物。例如：

The 7:30 train, which is usually very punctual, was
late this morning.　七點三十的那班火車今天早上來遲了，

這班車通常是準時的。

注意：(a) 非限制關係子句之關係代名詞不用 that。

(b) 非限制關係子句在體裁上比較正式，在口語及比較不正式用法中，我們常用兩個子句來比示。例如：

1. The 7:30 train is usually punctual; but it was late this morning.

2. His mother lives in New York; and she calls him up every week.

這原則也適用於以代表全句的 which 所引導的關係子句。試比較以下句 3 及句 4：

3. She said she was rich, which was not true.

4. She said she was rich; but this was not true.

6.5 次要的關係代名詞 as、but、than

as、but 及 than 可以作關係代名詞，但其用法相當有限，只能在下列句式中使用，同時只能作主詞或受詞，但可以指人也可以指事物。

(1) as 可作關係代名詞用於 such 或 the same 後面。

$$\left\{\begin{array}{l} \text{such} \\ \text{the same} \end{array}\right\} + NP + as$$

1. No grades will be given to **such students as** have not done their homework. 沒有做功課的學生不給分數。（＝to the students who have not...）

2. He used *the same map as* you did.　他用的地圖跟你用的一樣。（＝which／that you used）

(2)　but 只用於否定語意的先行詞之後，表示 who...not 之意。此用法只用於正式或相當文言的體裁中。

否定先行詞＋but

There is *no student but* loves holidays.　沒有學生不愛放假。（＝no student who does not love holidays）

(3)　than 用於比較式之後。

比較級＋名詞＋than

1. I have *more students than* I want.　我的學生（人數）比我想要的來得多。（＝I have more students than the students that I want to have.）

2. He got *more money than* was necessary.　他得到的錢比他所需要的來得多。（＝He got more money than the money which was necessary.）

6.6　whoever、whatever、whichever 等

很多文法書稱這幾個字爲「複合關係代名詞」（compound relative pronouns），因爲這些字都包含了關係代名詞的用法，如 whoever＝any person who、whatever＝anything that; whichever＝anyone who/anything which。然而，以這些字引導的子句，通常爲名詞子句，與通常也被稱爲形容詞子句的關係子句不一樣。例如：

1. ***Whoever gets the highest grade*** will be given an award. 無論誰得到最高分就會得到一分獎品。(whoever 子句爲 will be given 的主詞)(＝Anyone who gets...)

2. You can choose ***whatever you like.*** 你可以挑選你喜歡的任何東西。(whatever 子句做 can choose 的受詞)(＝...anything that you like)

3. ***Whichever of us gets home first*** gets the steak for dinner. 我們兩人中誰先回到家, 晚飯就可以吃牛排。(whichever 子句做 gets 的主詞)(＝...the one who gets...)

此外, whatever 與 whichever 也可作形容詞使用, 例如 ***what (ever) program*** you like, ***whichever way*** you may choose 等。例如:

4. You can watch ***whatever program you like.*** 你喜歡什麼節目都可以看。(whatever 子句做 watch 的受詞)

注意: (a) where、when 與 ever 合併時, 引導的爲副詞子句。
例如: I'll go ***whenever you go.*** Peter becomes nervous ***whenever he sees his teacher.***

(b) however 爲程度副詞, 修飾形容詞或另一副詞。例如 He is always willing to help me, ***however busy he may be.*** (他無論多忙, 總是願意幫助我。)

(c) what＝the thing(s) which。如 I heard ***what*** you said. (我聽到你所說的話。)

綜合而言, 這些與-ever 結合的字, 所引起的句子基本文法功能上

與關係子句相異。我們學習時，要特別留意。

6.7 all、both、few、most、several、some、one、two、three 等 + of + $\begin{Bmatrix} \text{which} \\ \text{whom} \end{Bmatrix}$

非限制關係子句中，我們可以下面這種句式，來指先行詞中的一部分。先行詞必須是複數，人、物皆可。

$$...,\begin{Bmatrix} \text{all} \\ \text{both} \\ \vdots \\ \text{等} \end{Bmatrix} + of + \begin{Bmatrix} \text{which} \\ \text{whom} \end{Bmatrix}...$$

1. I have fifty students, ***twenty-five of whom*** passed the mid-term exam. 我有五十個學生，其中二十五個期中考試及格。

2. She bought a dozen apples, ***several of which*** were badly bruised. 她買了一打蘋果，其中有幾個碰損得很厲害。

句 1 及 2 分別可看作是 3 及 4 之句組合併而成。

3. { a. I have fifty ***students.***
      b. Twenty-five of the ***students*** passed the mid-term exam.

4. { a. She bought a dozen ***apples.***
      b. Several of the ***apples*** were badly bruised.

《做練習下冊，習題 8》

---

❶ 事實上，在口語中很多含 whose 的句子都是分成兩個獨立子句或句子來說
的。例如：The woman is Mrs. Johnson. You met her sister
(before). 或 The cover of the book is green; and it is very expen-
sive.

第七章
不定詞
(Infinitives)

7.1 簡介不定詞、分詞及動名詞(A Brief Note on Infinitives, Participles, and Gerund)

英語的普通動詞除了獨立使用的完整動詞形式以外，還有不定詞 (infinitive)、分詞(participle)及動名詞(gerund)三種形式。例如普通動詞 work 的不定詞形式爲 to work，分詞形式爲 working（現在分詞）及 worked（過去分詞），動名詞形式爲 working。

這三種形式與動詞的關係很密切，是從動詞衍生而成，也保持了動詞的某些特色，例如可以有受詞(to speak *English*「說英語」)，也可以被副詞修飾(to speak／speaking *English fluently*「流利地說英語」)，甚至可以有語意上的「主詞」(for *John* to speak English fluently「John 流利地說英詞」)。然而，在文法功能上，這些形式却不當作動詞使用，其眞正的文法功能是當作名詞，作形容詞，及副詞。例如:

1. *To speak English* is not difficult.　說英語並不難(不定詞作名詞使用，當動詞 is 的主詞)

2. I have a composition *to write*. 我有一篇作文要寫。
   （不定詞，作形容詞使用，修飾 composition）

3. We don't have *running* water here. 我們這兒沒有
   自來水。（現在分詞，作形容詞使用，修飾 water）

4. He went there *to buy some food*. 他到那兒去買些
   食物。（不定詞，作副詞使用，修飾 went，表示「去」的
   目的）。

5. *Swimming* is my favorite sport. 游泳是我喜愛的運
   動。（動名詞，作名詞使用，當動詞 is 的主詞）

不定詞、分詞及動名詞在英語文法中是相當有用的結構，我們在
本章中討論並介紹不定詞，在以下二章裡，分別討論分詞與動名詞。

7.2 不定詞的形式與結構(Forms and Structures of the Infinitive)

7.2.1 不定詞的形式

不定詞在形式上並沒有人稱與數的分別。在表示「時間」方面，
不定詞有兩種形式。一為「一般形式」(general form)如 to do、to
speak 等，另一種為「完成形式」(perfect form)如 to have done、
to have spoken 等。**一般形式表示與句子主動詞同時發生或是比主
動詞較後才會發生的動作。完成形式則表示早於主動詞的動作。**另外，
加上進行情況與主動及被動語態的互動關係，我們可以有以下六種不
定詞形式：

	主	動	被動
	簡單	進行	
一般形式	to give	to be giving	to be given
完成形式	to have given	to have been giving	to have been given

從上表可知，不定詞的基本形式是 to＋動詞原式（如 to give），而其他各種形式也是含 to 起首，因此，to 可以說是不定詞的標誌。

7.2.2　不定詞的結構

從理論上說，不定詞是一種由句子縮減而成的補語(complement)，然而，我們在此並不需要研究其深層結構。我們只是略述其表面結構上的特徵。

狹義的看，不定詞是指由 to＋V 構成的基本形式。但因爲這種詞組由動詞衍生而來，所以也含有動詞的特性，如可有主詞、受詞、及副詞修飾語等。因此，廣義的不定詞是指 to＋V 以及其附屬的一些詞語。例如：

1.　He likes *to speak*.　他喜歡說話。
2.　He likes *to speak English*.　他喜歡說英語。
3.　He wants *to speak English fluently*.　他想流利地說英語。
4.　It is not easy *for him to speak English fluently*.

他說英語，不容易說得流利。

5.　It is not easy *to speak English fluently.*

要流利地說英語不是容易的事。

6.　I want *him to speak English.*　我想要他說英語。

　以上 1 至 6 的例句中，斜體部分都可以廣義地稱為不定詞（有些文法書稱例 1 為不定詞, 例 2 至 6 為不定詞片語, 本書用廣義的稱法）。其表面結構分別是:

　　to＋V（例 1）

　　to＋V＋NP(obj)（例 2）

　　to＋V＋NP(obj)＋Adv.（例 3）

　　for＋NP＋V＋NP(obj)＋Adv.（例 4）

　　NP(obj)＋to＋V（例 6）

　例 5 之不定詞與例 3 相同。

　從例句中，我們可知 to speak 可單獨使用，可帶受詞（English），可加副詞（fluently），也可以有（語意上的）「主詞」（for *him*）。事實上，不定詞的「主詞」（亦即真正做這動作的人／動物或處於／經歷這種狀態的事物）通常有四種方式表示:

(1)　不定詞之「主詞」與句子主詞為同一人時，省略不說。如例 1、2、3。

(2)　在泛指一般情形的句子中，不定詞的「主詞」可指任何人時，省略不說。如例 5。

(3)　整個不定詞做句子主詞時，不定詞本身的「主詞」常以 for＋NP 的方式表示(for him／her／John 等)如例 4。

　　（例 4 基本的結構是 *For him to speak English* is not easy.）

(4) 不定詞如做句子受詞，不定詞本身的「主詞」與句子的主詞不同一人時，不定詞「主詞」以受格形式表示之，並緊置於 to＋V 之前面。如例 6。

7.3　不定詞的文法功能(Functions of the Infinitive)

不定詞可以當作名詞、形容詞、及副詞使用。

7.3.1　不定詞作名詞使用

(1) 不定詞可作句子之主詞。句子的動詞通常是 *be*、*seem*、*appear* 等。例如：

1. *For me to be neutral in this argument* is impossible.　我不可能在這爭論中保持中立。

2. *For John to fail in the exam* was unfortunate. John 考試不及格，眞是不幸。

3. *For her to save money* seems impossible.　她要存錢似乎不可能。

4. *To work hard* appears advisable.　用功是明智的。

動詞 make、cost、take 及 require 等的主詞也可以用不定詞，例如：

5. *To rebuild our old house* may take a long time. 重建我們的老房子需要很長的時間。

6. *To build a new house* often costs a lot of money. 建一幢新房子常常要花費很多錢。

7. *To see his children again* made him happy.

再見到他的孩子們使他很高興。

以上 1 至 6 的說法比較正式。常用的說法是使用引導詞 it 取代不定詞，然後將不定詞移至句尾。（參看第三章，3.2.1 節）。例如：❶

8. It is impossible *for me to be neutral in this argument.*

9. It was unfortunate *for John to fail in the exam.*

10. It seems impossible *for her to save money.*

11. It appears avisable *to work hard.*

12. It may take a long time *to rebuild our old house.*

13. It often costs a lot of money *to build a new house.*

14. It made him happy *to see his children again.*

(2) 不定詞可作句子之受詞。作受詞用的不定詞可分爲以下二種形式：

(A) 「主詞＋動詞＋不定詞」

這句式中，句子的主詞也是不定詞的「主詞」，這種句子不能變爲被動句。下列動詞常用於這句式。

agree　同意　　　　　fail　失敗

afford　負擔　　　　　forget　忘記

arrange　安排　　　　hate　憎恨，很不喜歡

ask　要求　　　　　　hesitate　猶豫

attempt　嘗試　　　　hope　希望

begin　開始	intend　打算
bother　麻煩	learn　學習
care　喜歡，想（用於否定或疑問句）	like(dislike)喜歡(不喜歡)
	love 喜愛
choose　決定，願意	manage　能應付
claim　宣稱	mean　意欲，打算
consent　同意	offer　表示願意
continue　繼續	plan　計畫
decide　決定	prepare　準備
deserve　應得，值得	prefer　較喜歡
determine　決定	promise　答應
expect　期望	prove　證實
refuse　拒絕	tend　有…之傾向
regret　懊悔	try　嘗試
start　開始	want　想要
sware　發誓	wish　希望

1. He agreed *to pay me $1,000.*　他同意付我一千元。

2. They tried *to be quiet.*　他們試著不作聲。

3. We can't afford *to live in the downtown area of the city.*　我們住不起市中心區。

4. They refused *to leave the room.*　他們拒絕離開房間。

5. I promised *to give her a present.*　我答應給她一份禮物。

6. He didn't care *to come.*　他不喜歡來。

(B) 「主詞＋動詞＋NP＋不定詞」

這句式中之 NP 為不定詞的「主詞」，但在結構上也是句子主動詞的受詞，如為代名詞時，要用受格形式(him、her、them、me 等)。因此，句子之主詞與不定詞的主詞指不同的人。下列動詞常用於這句式。

advise 勸	allow 允許
* ask 要求	persuade 說服
arrange 安排	cause 導致
* prepare 準備	command 命令
* promise 答應	compel 迫使
remind 提醒	convince 使相信
request 請求	enable 使能夠
require 需要	encourage 鼓勵
teach 教	* expect 期望
tell 告訴，吩咐	forbid 禁止
urge 力促	force 強迫
* want 想要	get 使，導致
warn 警告	instruct 指示
* wish 希望，祝	invite 邀請
order 命令	permit 允許

(打星號 * 之動詞也可用於(A)之句式)

1. My teacher encouraged *me to study chemistry.*
   我的老師鼓勵我唸化學。

2. He promised *her to be on time.* 他答應要準時。

3. Please remind *me to call him in the afternoon.*
請提醒我下午打電話給他。

4. They persuaded *me to open a savings account there.* 他們說服我在那兒開一個儲蓄存款帳戶。

5. I told *John to change the fuse.* 我叫（吩咐）John 去換保險絲。

這句式的句子可以有被動形式。例如：

6. I was persuaded (by them) to open a savings account there.

7. I was encouraged by my teacher to study chemistry.

注意：(a) 在 arrange、not care、hope、intend、pray、plan、prepare、wish 等動詞後面可以接 for＋NP＋不定詞。例如：We intended *for the whole family to go to church together.* 我們打算全家一起去上教堂。

(b) 動詞 let、bid（＝request、order）、make、have、help，以及感官動詞 feel、hear、see、watch 等後面的不定詞不帶 to。例如：

I heard her *say that she would come early.*
我聽到她說她會早來。

She made me *laugh.* 她使我笑。

I had John *clean the room.*
我要 *John* 清理房間。

They never let their children play basket-

ball. 他們從不讓他們的孩子打籃球。

I helped her *solve the problem.*

我幫她解決這問題。

I heard the bell *ring.* 我聽到鈴響。

然而，這些句子如改為被動式時，不定詞要帶 *to*。例如：

I was made *to laugh*; She was helped *to solve* the problem; She was heard *to say* that she would come early.

(3) 不定詞可作補語

(A) 在 Be 及連繫動詞 seem、appear 後面。例如：

1. The only thing we can do is *to ask for a refund.*
   我們唯一能做的事就是要求退款。

2. I am *not to blame.* 不能怪我。

3. He appears *to be happy.* 他看來很快樂。

4. She seems *to be in a hurry.* 她似乎很匆忙。

5. He seems *to have no confidence in her.* 他似乎對她沒有信心。

注意：(a) 主動詞為 seem 與 appear 時，不定詞常用 to be，但也可用其他不定詞，如例 5。

(b) 主動詞為 be 時，不定詞前可加 for 片語，表示做不定詞之動作之「主詞」。例如：There are a lot of things *for me to do.*「我有很多事情要做」。

(B) 在 assume、believe、consider、declare、feel、find、imagine、presume、prove、show、suppose、think 等動詞後面，不定詞主要是 to be。例如：

1. We found him *to be a very friendly person.*　我們覺得他是很友善的人。

2. The police proved the girl *to be innocent.*　警方證實這女孩子是清白的。

3. The court declared him *to be guilty of murder.*　法庭宣告他犯了殺人罪。

4. But we believed／considered him *to be innocent.*　但是我們相信／認爲他是無罪的。

5. We assumed him *to be insane*.　我們假設他精神失常。

6. I supposed him *to be clever*, but in fact he was not.　我以爲他聰明，但事實上他並不聰明。

7. Her friends think her *to be a good mother.*　她的朋友認爲她是個好母親。

注意：(a)　這些句子可以用被動語態表示。例如：

　　　　He was found to be a very friendly person.等。

(b)　這句式中的 to be 也常可省略。例如：Her friends think her a good mother.

7.3.2　不定詞作形容詞使用

不定詞可置於名詞後面，修飾該名詞。例如：

1. His *ability to work efficiently* is his chief asset.

他有效率工作的能力是他主要的可取之處。

2. His *plan to open a drugstore* was not taken seriously. 人們沒有把他要開一家藥房的計畫認眞看待。

3. His *decision to move to San Francisco* was made three months ago. 他要搬到舊金山，這是三個月前所做的決定。

4. There is *no one to help us.* 沒有人幫助我們。

5. I have *nothing to complain about.* 我沒有什麼好抱怨的。

6. Do you have *anything to tell me?* 你有任何事情要告訴我嗎？

7. We have *enough to eat.* 我們有足夠的東西吃。

8. There is still some *time for me to finish my dinner.* 還有些時間可讓我吃完我的晚飯。

9. There is *nothing for him to do.* 沒有他可以做的事。

7.3.3. 不定詞作副詞使用

⑴ 不定詞修飾動詞

⒜ 表示目的

表示目的的不定詞通常置於動詞後面，其形式有 to＋V、in order to＋V，或 so as to＋V。

1. She went there *to visit her aunt.* 她到那裡去探望

她的嬸嬸。

2. I moved closer to the blackboard *in order to see the words on it more clearly.*　我向黑板靠近些，爲了要更看清楚上面的字。

3. We took the short cut *so as to save time.*　我們走捷徑是爲了想節省時間。

這種結構也可以使用 for＋NP 表示不定詞的「主詞」。例如：

4. I spoke up *in order for my students to hear me.*　我大聲說是爲了讓我的學生都聽見我。

(B)　表示結果

1. She left her hometown, *never to return.*　她離開了家鄉，再也不回去了。

2. They won the law suit *only to find that they had to pay a large sum of money to their lawyer.*　他們打贏了官司，結果發現他們必須付一大筆錢給律師。

3. He returned home *to find his money stolen.*　他回到家中，發現錢被偷了。

(C)　表示原因

1. She rejoiced *to hear that her parents were coming home.*　她很高興聽到她父母要回家（的消息）。

2. She blushed *to hear her own voice on tape.*　她因爲聽到錄音帶裡自己的聲音而臉紅起來。

注意：修飾動詞時，不定詞最常表示目的（即(A)之用法）。

(2)　不定詞修飾述語形容詞

下列形容詞後面可接不定詞，作其修飾語。

afraid	害怕	anxious	渴望
careful	小心	certain	確定
eager	很想，渴望	glad	高興
easy	容易	difficult	困難
happy	高興	hard	難
impatient	不耐煩	likely	可能
lucky	幸運	proud	自豪
ready	準備好	sorry	不安
suitable	適合	sure	確定
		等	

1. He is *anxious to see us.*　他渴望見我們。

2. This exercise is *easy to do.*　這個練習很容易做。

3. She is *likely to miss the train.*　她可能會錯過這班火車。

4. I am *happy to be here.*　我很高興來到這兒。

5. He is *sure to come.*　他一定會來。

6. I am *sorry to hear that she failed in the exam.* 我聽到她考試不及格覺得很不安。

有些形容詞如 afraid、anxious、eager、impatient、glad、happy 等，也可以加 for＋NP，表示不定詞的「主詞」。

7. This exercise is *easy for us to do.*　這練習對我們

而言很容易做。

8. We are anxious *for her to come here.* 我們渴望她到這兒來。

9. We are *impatient for the movie to begin.* 我們等電影開始等得不耐煩。

(3) **不定詞修飾與 too、enough 及 so...as to 連用之形容詞或副詞**

這種不定詞通常表示某種結果。例如:

1. She is *too young to understand* this difficult problem. 她太年輕而不能了解這個難題。(=She is so young that she cannot understand this difficult problem.)

2. The soup is *too hot to drink.* 這湯太熱了, 不能喝。(=The soup is so hot that I/he/等 cannot drink it.)

3. She spoke *too fast for me to understand.* 她說話說得太快了, 我無法了解。(=She spoke so fast that I could not understand her.)

4. She is *old enough to take care of herself.* 她年紀夠大了, 可照顧自己。(=She is so old that she can take care of herself.)

5. We walked *fast enough to get to school on time.* 我們走得夠快, 而能準時抵達學校。(=We walked so fast that we got to school on time.)

6. She spoke *slowly enough for her students to*

understand. 她說得夠慢，她的學生都能聽懂。（＝She
spoke so slowly that her students could under-
stand her.）

7. He was *so foolish as to offend his boss.* 他笨到
開罪了他的老闆。（＝He was so foolish that he
offended his boss.）

(4) 不定詞可修飾全句

修飾全句的不定詞常置於句首，也可以置於句末。

1. *To be honest,* I don't like to see him. 老實的說，
我不喜歡見他。

2. *To tell the truth,* I have never seen her before.
老實說，我從來沒見過她。

3. *To be frank,* you are not a good driver. 坦白的
說，你不是一個好駕駛。

4. *To make*(*cut*) *a long story short,* we turned
down her request. 長話短說，我們拒絕了她的請求。

5. I have never liked you, *to tell you the truth.* 老
實的跟你說，我從來都沒有喜歡過你。

7.4. 不定詞的否定式、被動式、進行式 及完成式

(1) 不定詞的否定式是以 not 置於 to 前面而形成。例如：

1. I'll try *not to be late.* 我會努力不遲到。

2. She decided *not to go to the movies by herself.*
   她決定不獨自去看電影。

(2)　不定詞的被動式是以 to be＋V-en 或 to have been＋V-en 而形成。例如：

1. She needs *to be told about our decision.*　我們的決定是應該告訴她的。

2. I didn't expected *to be invited to the party.*　我沒有預期被邀請去參加聚會。

3. She seems *to have been forgiven.*　她似乎已經被原諒了。

4. There's a lot of work *to be done.*　有很多事情要做。

注意：(a)　如句子主詞也是不定詞「主詞」時，要用主動不定詞。例如：I have a lot of work *to do.* 不能說成＊I have a lot of work *to be done.*

(b)　如句子主詞是不定詞之受詞時，用被動不定詞。例如：These uniforms are *to be washed.* 這些制服是要洗的。（這句不能說成＊These uniforms are to wash.）

(c)　類似例4之句子，主動被動皆可，There's a lot of work to do/to be done; There's no time to waste/to be wasted 等。

(3)　進行式不定詞以 to be＋V-ing 形成，表示動作之持續性。例如：

1. It is nice *to be sitting next to you*. 坐在你旁邊眞好。

2. He seems *to have been lying on the beach for hours*. 他似乎一直躺在沙灘上，已經好幾個鐘頭了。

(4) 完成式不定詞以 to have＋V-en 形成。表示早於句子主動詞之動作。而簡單式不定詞則表示與主動詞同時或稍晚的動作。例如：

1. He seems *to be a good student*. 看來他是個好學生。（＝It *seems* that he *is* a good student.）

2. He seems *to have been a good student*. 看來當時他是個好學生。（＝It *seems* that he *was* a good student.）

3. He seemed *to be a good student*. 當時他看來是個好學生。（＝It *seemed* that he *was* a good student.）

4. He seemed *to have been a good student*. 當時看來他曾經是個好學生。（＝It *seemed* that he *had been* a good student.）

此外，完成式不定詞與 intended「打算」、meant「本來想要」、pretended「假裝」等連用時，表示過去沒有做的動作。例如：

5. I pretended *to have read the novel*. 我假裝已經看過這本小說。（實際上我沒有看過）

一般說來，完成式不定詞常與 *appear*、*happen*、*seem*、*pretend* 等動詞連用。另外也常與以下動詞的被動式連用：*believe*、*consider*、*find*、*know*、*say*、*suppose*、*think*、*understand* 等。例如：

6. He is said *to have gone abroad.* 人家說他已經出國了。（＝People say that he went abroad.）

7. She was believed *to have left her hometown.* 人家相信她已經離開了家鄉。（＝People believed that she had left her hometown.）

不定詞也可有完成進行式，如(3)之例 2

8. He seems *to have been lying on the beach for hours.* 他似乎一直躺在海灘上，已經好幾個鐘頭了。

7.5 To 代替上文已述之不定詞

為避免不必要的重複用語，我們可以用 to 來代表前文已述的不定詞。這種用法常用於動詞 *hate*、*hope*、*intend*、*would like*、*would love*、*be made*、*mean*、*plan*、*try*、*want* 等後面，另外 *have to*、*need to*、*ought to*、*used to*、*be able to*、*be going to* 等也可以用來避免重複。例如：

1. He didn't come because he *didn't want to.* 他沒有來，因為他不想來。

2. A: Why did you run? 你為什麼跑呢？

   B: I *had to.* I was late. 我必須跑，我遲到了。

3. They wanted to buy a house but they *were not able to.* 他們想買一幢房子，但是沒能力買。

4. A: Did you get any help from your students? 你有沒有找學生來幫忙呢！

   B: No, I *tried to,* but there wasn't anyone in the

classroom.　沒有找到。我去找了，但教室裡一個人也沒有。

5.　A: Do you play the piano?　你彈鋼琴嗎?

　　B: No, but I **used to.** 不，我現在不彈了，但是我以前常彈。

7.6　*how ／ what ／ when ／ where ／ which ／ who* ＋不定詞

類似 how to operate the machine、what to do、when to leave 等不定詞片語，可視作名詞子句的縮略型式(如 how someone operates the machine, what someone will ／ can do 等)。這類不定詞片語通常置於動詞後面，作受詞使用。例如:

1.　He didn't know **how to operate the machine.**　他不知道如何操作這機器。

2.　We couldn't decide **what to do next.**　我們無法決定下一步該做什麼。

3.　I want to know **when to turn off the light.**　我想知道何時關燈。

4.　She found out **where to get relevant information.**　她找到可以獲得有關資料的地方。

5.　She showed me **which way to go.**　她指示我該走哪一條路。

6.　I don't know **who to invite.**　我不知道要邀請誰。

其他能接「**how** 等＋不定詞」的動詞有 **ask、discover、forget、**

learn、*remember*、*think*、*understand*、*want to know*、*wonder* 等。

　　want to know 及 wonder 後面還可接 whether＋不定詞。例如：

7.　I wondered *whether to study literature or linguistics.*　我不知道要唸文學或是語言學。

7.7　修飾不定詞的副詞的位置

　　修飾不定詞的副詞可置於不定詞之前、中、後三個位置上。

(1)　前位：置於 to 之前

　　這位置的副詞通常是 even、only 以及否定副詞 not、never 等。例如：

1.　I did it *only to amuse her.*　我做這事只是爲了逗她開心。

2.　It was wrong *even to think so.*　甚至這麼想也是不對的。

3.　It is very embarrassing *not to remember your friend's name.*　記不起你朋友的名字是一件很尷尬的事。

(2)　中位：置於 to 與 V 之間

　　在傳統文法中，很多人反對這種位置，並且稱這種不定詞結構爲「分裂不定詞」（Split infinitive）。但事實上，在當代英語中，這位

置很常用。其理由有二: (1) 這位置可以清楚表明是修飾不定詞; (2)
這位置是修飾一般動詞時很自然的位置。例如:

1. I decided *to deliberately ignore his suggestion.*
   我決定故意地不理他的提議。

2. I want my readers *to clearly understand my*
   points. 我要我的讀者清楚地明白我的觀點。

例句 1 如說成 I decided deliberately to...或 I decided to
ignore...suggestion deliberately, 則 deliberately 一詞除可以修飾
to ignore 以外, 也可能修飾 decided。

注意: 雖然分裂不定詞沒什麼不妥當, 但如果副詞是幾個字的詞
組時 (如 in a friendly manner, with great force 等),
則不可置於中位。例如: 我們可以說 to speak *in a*
*friendly manner,*但不能說 * to *in a friendly man-*
ner speak.

(3) 後位: 置於 to＋V 之後

這也是常用的位置, 當副詞不長而且是描述性質時, 尤其如此。
例如:

1. Mary told me to leave *immediately.* Mary 叫我馬
   上離開。

2. They plan to do it *properly.* 他們計畫要正確地做
   這事。

7.8　不定詞結構及用法上應注意之事項

⑴　表示目的的不定詞片語常可移至句首，但應注意兩點：ⓐ移至句首之不定詞與主句之間要用逗點(comma)；ⓑ如不定詞不帶「主詞」時，句子的主詞也是不定詞的主詞，因此，如不定詞與句子主詞無法相容時，會產生「誤連」(dangling)現象。這是我們要避免的。例如：

1. We changed our seats (in order) to get a better view of the stage.　為了要更清楚地看見舞臺，我們換了位置。

例句 1 可以說成：

2. (In order) to get a better view of the stage, we changed our seat.

但例句 3 是「誤連」修飾語：

3. ＊(In order) to get a better view, our seats were changed.　＊為了要更清楚地看見舞臺，我們的位子被換了。

句 3 的主詞是 our seats,但不定詞的「動詞」get a better view 是有生命的名詞才可「做」的動作，而 our seats 是無生命之物，因此並不相容。這種「誤連」不定詞，我們要特別注意。以下例句 4 也是「誤連」不定詞：

4. ＊To illustrate his point more clearly, pictures were used.　＊為了更清楚地說明他的觀點，圖片使用上了。

例 4 之不妥在於 to illustrate his point 與 pictures 之不相容，改成例 5 之後則沒有問題。

5. To illustrate his point more clearly, he used pictures. 爲了要更清楚地說明他的觀點，他使用圖片。

(2) 不帶 to 的不定詞除用於 let、make 及感官動詞後面（參看 7.3.1.(2)、(B)）以外，也用於 *would rather*、*would sooner*、*rather than*、*sooner than*、*had better*、*but*、*except* 後面。例如：

1. I would rather *wait* here than *go* over there. 我寧可在這邊等也不願到那邊去。

2. Rather than *help* him solve the math problem, she just gave him the correct answer. 她只是把正確答案給他而不幫他解決這數學題目。

3. I'll do anything but *work* at the factory. 除了到工廠上班以外，什麼事我都肯做。

另外在 the only...do、all...do 起首之句子中，在 be 後面做主詞補語的不定詞也可以不帶 to。例如：

4. The only thing we can do is *wait* for the next train. 我們唯一可以做的事就是等下一班火車。

5. All she did was *sit* there and *cry*. 她所做的只是坐在那兒哭。

(3) 體裁上有關的事項

(A) 不定詞比與其對應的從屬子句更簡潔，但是因爲不定詞不必

表示人稱、數目與時間, 因此在精確度上比不上子句。例如 what I/
he/John 等 will do 要比 what to do 來得更精確, 但後者 (不定詞)
的說法則更簡潔。

(B) 作主詞用的不定詞位於句首時, 句子帶有很正式的筆調／語
調。比較平常的用法是用引導詞 it。例如: For me to be neutral in
this argument is impossible.是很正式的用法。我們通常會說 It is
impossible for me to be neutral in this argument.

《做練習下冊, 習題 9》

---

❶ 在這種「It＋be＋Adj＋for/of＋不定詞」句型中, 形容詞後面大都用 for。
但在 generous、kind、good、intelligent、loyal、disloyal、nice 等後面
用 *of*。在表示情緒的形容詞 alarming、amusing、disappointing、embar-
rassing、shocking、irritating 等後面, 用 *to*。另外, 在 foolish、polite、
proper、rude、wise、stupid、wicked 等後面可用 *of* 或 *for*, 但以 *of* 比
較常用。

第八章

分詞
(Participles)

8.1 分詞的形式(Forms of Participles)

分詞像不定詞一樣，是動詞的特別形式，含有動詞的特性，但在功能上却不單獨當作完整的動詞使用（參看上一章 7.1 節）。

分詞有「現在分詞」(present participle)、「完成分詞」(perfect participle)以及「過去分詞」(past participle)三種。其形式如下：

	主動式	被動式
現在分詞	doing	being done
完成分詞	having done	having been done
過去分詞		done

注意：(a) 如動詞為不及物，則沒有被動式，如動詞 go 只有 go-ing、having gone，及 gone 三形式，而 gone 不是

被動式。

(b)　有些文法書把現在與完成兩種分詞合稱爲「ing 分詞」，過去分詞稱爲「ed 分詞」。其原因是，這些分詞名稱中的「現在」與「過去」與實際時間並沒有一定的關係，爲避免困擾，則以其形式相稱。然而，本書仍採用流傳已廣的傳統名稱。

(c)　否定式爲 not＋分詞，如 *Not knowing* what to do 等。

8.2　現在分詞(The Present Participle)

現在分詞有下列各種主要用法:

8.2.1　現在分詞與助動詞連用，構成進行時式。

例如:

John *is singing*.

She *has been drinking*.

這種用法之分詞與助動詞組合成一完整而獨立的動詞組，構成時式。這已經在上冊有關時式的一章中討論過。本章重點在分詞單獨(即不與助動詞組成動詞組)使用時的功能。分別在下面 8.2.2 至 8.2.6 中討論。

8.2.2　單字形式的現在分詞作名詞修飾語。

單字形態的現在分詞置於名詞前面，作其修飾語，其語意常表示，「具有 (分詞所表示的) 效果／效用」。例如:

running water 自來水, amusing game 有趣的遊戲,
boring movie 沈悶的電影, horrifying scene 可怕的景象
注意: 這種結構與 adj+N (亦即「修飾語+核心語詞」結構) 相
同, 主重音在核心語詞上, 如 amusing g'ame.

8.2.3 片詞形態的現在分詞詞組置於名詞後面。

這類分詞可視作關係子句的縮減形式。例如:

1. We found several children ***needing medical care***.
   我們發現幾個小孩需要醫療照顧。

(=...several children ***who needed medical care***.)

2. People ***waiting for the bus*** often like to stand in
   his doorway. 等公共汽車的人常常喜歡站在他的門口。

(=People ***who are waiting for the bus***...)

3. Students ***wishing to go on the tour*** must sign
   their names on this sheet of paper. 想參加這次旅
   遊的學生必須在這張紙上簽名。(=Students who wish
   to go on the tour...)

8.2.4 接在 *spend*、*waste*、*come*、*go*、*be busy*、 *there+be+NP* 之後面。

在這些動詞及結構後面, 現在分詞的功能常介乎形容詞與副詞之
間, 對句子的主詞及動詞似乎都有點關係。同時, 句子的主詞也是分
詞的「主詞」。例如

1. His son came ***running downstairs***. 他的兒子跑着
   到樓下去。

2. She is going *shopping tomorrow*.　她明天會去買東西。

3. I spent the whole afternoon *fixing my radio*.　我花了整個下午修理我的收音機。

4. He wasted two hours *trying to convince me of his theory*.　他浪費了兩個鐘頭想說服我相信他的理論。

5. She is busy *writing her composition*.　她正忙着寫作文。

6. There is someone *singing outside*.　有人在外面唱歌。

7. There were a lot of guests in the lobby *being served cold drinks*.　很多客人在大廳裏,有冷飲招待。

(being served 是被動式分詞; the guests were being served cold drinks)

另外,動詞 sit、stand、lie 也可接分詞。例如: She just sat there *laughing.*「她只是坐在那兒笑」I lay *gasping for breath.*「我躺着喘氣。」

8.2.5 感官動詞(*see／hear* 等)、*have*、*get*、*catch／find／leave* 等＋受詞＋現在分詞。

在這些動詞及其受詞後面,可接現在分詞,分詞的「主詞」與句子的受詞指稱相同。因此,有些文法書認為這種分詞的功能是「受詞補語」。

(1)　在感官動詞 *see*、*hear*、*feel*、*smell*、*listen to*、*notice*、*watch*、*witness*、*observe* 後面。

1.　We **heard** the woman **crying**.　我們聽到那個女人哭。

2.　She **saw** me **coming out from the library**.　她看見我從圖書館裏出來。

3.　I **felt** my heart **beating wildly**.　我感覺我的心在猛跳。

4.　She **watched** me **climbing over the wall**.　她看見我爬過那面牆。

5.　We **saw** the man **being attacked**.　我們看見那個人被攻擊。（being attacked 爲被動式分詞）

這些分詞也可以用不帶 to 的不定詞取代。例如：I saw him **changing** the battery.／I saw him **change** the battery. 都可以說。只是不定詞暗示動作已完成，而分詞則不一定。I saw him **changing** the battery. 可表示我看見他換電池的全部過程，也可表示我只看見這動作的部分，但 I saw him **change** the battery. 則表示我看見他換電池的全部過程。

(2)　在 *have* 後面。

1.　I'll have John **waiting for you in the lobby**.　我會讓 John 在大廳等你。

2.　She won't have me **eating in her kitchen**.　她不要我在她的廚房裏吃東西。

3.　I won't have anyone **smoking in my office**.　我不

要任何人在我辦公室裏抽烟。

(3) 在 *get* 後面。

在非正式用法中，get＋分詞可表示「使…做到」之意。例如：

1.　He got everyone *standing up*.　他使每個人都站起來。

2.　We finally got the research project *moving in the right direction*.　我們終於使研究計劃朝着正確的方向走。

(4) 在 *catch*、*find*、*keep*、*leave*、*send* 後面。

1.　I *caught* him *stealing my bike*.　我捉到他偷我的腳踏車。

2.　Our savings will *keep* us *going for about three months*.　我們的積蓄大約可維持三個月。

3.　I *found* her *standing by the window*.　我看見她站在窗子旁邊。

4.　We *left* her *waiting outside in the rain*.　我們讓她留在外面雨中等待。

5.　The wind *sent* the whole pile of papers *flying everywhere*.　風把整疊文件吹得到處飛舞。

8.2.6　現在分詞可以代替主要子句或副詞子句。

當兩個子句的動詞的主詞相同時，其中之一可以用分詞表示。

(1)　如兩個動作同時發生，其中之一可以現在分詞表示。

1.　She walked away ***crying sadly***.　她傷心地哭着走了。（＝She cried sadly as she walked away.）

2.　***Walking away***, she cried sadly.　她傷心地哭着走了。（＝She cried sadly as she walked away.）

(2)　如兩動作一先一後，先者以現在分詞表示。例如：

1.　Entering the room, he saw them playing chess.　他走進房間，看見他們在下棋。（＝He entered the room and saw them playing chess.或 After he entered..., he saw...)

2.　***Opening the closet***, she took out the new dress.　她打開衣櫥，把新的洋裝拿出來。（＝She opened the closet and took out the new dress 或 After she opened..., she took out...)

　　注意：按理說，例句 1 與 2 應該用 Having entered...或 Having opened...(完成式分詞)，因爲先後很分明，但一般用法是不需要一定用完成式的。但如語意有必要分別清楚時，則要留意二者之別。例如：***Screaming loudly***, she rushed out of the room.可解釋爲「她一邊尖叫，一邊衝出房間」。如果要表示「她大聲尖叫之後，才衝出房間」之意時，應用完成式分詞 ***Having screamed loudly***, she rushed out of the room.

(3)　如第二動作是第一動作的延續或結果，第二動作用現在分詞表

示。例如：

1. He walked out of the room angrily, **slamming the door**. 他生氣地走出房間，砰然關門。

2. The boy threw a stone at a crowd of students, **hitting one of them on the head**. 這個男孩子向着一群學生扔了一顆石頭，打中其中一人的頭部。

(4) 現在分詞可代替 **because／since／as** 引導的副詞子句。例如：

1. **Not knowing anyone in this village**, he felt rather lonesome. 因為在這村子裏不認識任何人，他覺得相當寂寞。(＝Since／because／As he did not know anyone in this village, he felt rather lonesome.)

2. **Being interested in languages**, he decided to study linguistics. 因為對語言感興趣，他決定唸語言學。(＝As／since／because he was inerested in languages, he decided to study linguistics.)

8.3 完成分詞 (Perfect Participle)

完成分詞主要用於上面 8.2.6 (2) 之情形，更明確地表示兩動作之一先一後，完成分詞強調動作完成在先。例如：

1. **Having done his homework**, he took a nap. 做完功課之後，他去午睡。

2. **Having made up his mind**, he submitted his res-

ignation. 下定決心之後，他提出辭呈。

3. ***Having lived away from home for many years***, she began to feel homesick. 離開家在外面住了許多年以後，她開始覺得想家。

在 8.2.6(2)中，我們提過，如果語意清楚時，不一定用完成分詞。（如 8.2.6(2)之例 1 與 2）。但如語意可能不明確時（如 8.2.6(2)注意事項中之例子），則要留意配合語意選用。此外，如按理不可能同時做的動作（如上面例 1，「做功課」及「睡午覺」）以及經過一段時間的動作（如上面例 3，for many years），亦應擇其先者而使用完成分詞。

被動式的完成分詞用法亦相同，用來強調動作的先後，先而被動者利用被動完成分詞。例如:

4. ***Having been cheated by Tom many times before***, none of us would trust him. 我們被 Tom 騙過多次之後，沒有人願意相信他了。

8.4 過去分詞(Past Participles)

過去分詞的用法有很多與現在分詞相同，只是過去分詞絕大多數都表示被動的語意。

8.4.1 過去分詞與助動詞組合, 構成完成時式及被動語態。

例如: She ***has come***; He ***was bitten*** by the dog 等。這些動詞組是完整的動詞。過去分詞單獨使用時，與現在分詞相似，只作修飾語使用。

8.4.2 單字形式的過去分詞可置於名詞前面作修飾語 (形容詞)。

例如:

closed doors 關閉的門

broken vase 打碎的花瓶

stolen goods 被偷的貨物 (贓物)

stolen money 被偷的錢 (贓款)

written report 書面報告

crowded bus 擠滿人的公共汽車

等

8.4.3 過去分詞片語可取代被動的關係子句。

例如:

1. He handed in a report *written in English*. 他交了一份用英文寫的報告。(＝...a report which was written in English.)

2. I didn't want to drive along a road *covered with mud*. 我不想在一條泥濘的路上開車。(＝...a road which was covered with mud.)

8.4.4 在動詞 *have*、*get*、*want*、*leave*、*find*、*make* 等＋受詞之後。

例如:

1. I *will not have* my students *made fun of*. 我不

允許我的學生被人取笑。

2. They **will have** you **arrested** if you steal the money. 如果你偷錢的話，他們會逮捕你的。

3. Please **have** this coat **cleaned**. 請把這外衣洗乾淨。

4. He didn't **have** his hair **cut**. 他沒有理髮。

5. We finally **got** our schedule **changed**. 我們終於把時間表改了。

6. She **found** the vase **broken in pieces**. 她發現花瓶被打成粉碎。

7. He **left** his job **unfinished**. 他沒有完成他的工作。

8. I **want** him **thrown out of the room**. 我要人把他趕出房間去。

9. He tried to **make** his ideas **understood**. 他想讓別人明白他的看法。

8.4.5　過去分詞可以代替關係子句以外的子句。

這方面用法與現在分詞（8.2.6）的情形相似。例如：

1. **Disturbed by the loud music**, his father turned off the radio. 因為受那些吵鬧音樂聲所打擾，他父親把收音機關掉。

2. The teacher entered, **accompanied by two of her students**. 那位老師由她兩個學生陪同一起進來。

3. **Taken by surprise**, she did not know what to say. 她大為吃驚，不知道說些什麼才好。

4. **Frightened by the fire**, she rushed out of the

house. 因爲看到火而害怕，她就往屋外衝出去。

5. Mr. Smith, *defeated at the polls*, decided to give up his political career. 選舉被擊敗之後，Smith 先生決定放棄從政生涯。

8.5 誤連分詞(Dangling 或 Misrelated Participles)

分詞片語和不定詞片語一樣，如分詞的「主詞」與句子主詞相同，而分詞片語置於句首時，要注意分詞的「動作」，要與句子的主詞相容方可。否則就會成爲「誤連」分詞(dangling participle 或稱爲 misrelated participle)。其情形與誤連不定詞片語相似。例如：我們不可以說

1. * *Entering the classroom* , *the bell* rang. *進入教室，鈴聲響了。

因爲 bell 不可能做 enter 這動作，二者不相容。但改成句 2 則可，因爲 we 與 enter 相容，二者沒有「誤連」在一起。

2. *Entering the classroom*, *we* heard the bell ring. 進入教室，我們聽到鈴響。

其他的例子如：

(誤連) 3. * *Wearing only a light sweater*, *the cold wind* drove me indoors. *只穿着一件薄毛衣，冷風把我趕進屋內。

(正確) 4. *Wearing only a light sweater*, *I* was driven indoors by the cold wind. 只穿着一件薄毛衣，我被冷

風把我逼進屋內。

(誤連) 5. ＊*Disturbed by the loud music*, *the radio* was turned off. ＊因為被吵鬧的音樂所打擾，收音機被關掉了。

(正確) 6. *Disturbed by the loud music*, *his father* turned off the radio. 因為被吵鬧的音樂所打擾，他父親把收音機關掉了。

　　誤連修飾語(Dangling／Misrelated modifiers)，包括誤連不定詞及誤連分詞，是中國學生易犯的文法錯誤之一，應特別留意。

8.6　獨立分詞結構(Absolute Participle Construction)

　　上面幾節中，代替子句的分詞片語之「主詞」與句子之主詞均指同一人或事物，因此在分詞結構中都不必表示其「主詞」。但若分詞的「主詞」與句子的主詞不同時，分詞的主詞就得表示出來。例如：

1. *The weather being fine*, *we* decided to go jogging. (因為)天氣好，我們決定去慢跑。

2. *Her mother being away*, *she* had to take care of her little brother. (因為)她母親外出，她必須照顧弟弟。

3. *She* is walking along slowly, *her baby held tightly in her arms*. 她慢慢地走，把嬰兒緊抱着。

4. *His book once published*, *everyone* will buy and read it. 他的書一出版，每人都會買來看。

以上例句之分詞結構稱爲「獨立分詞結構」(absolute participle construction)。一般說來，獨立分詞雖然沒有一般的分詞結構那麼普遍，在日常寫作及會話中，也往往會用上，因此也值得我們注意。

8.7　分詞用法應注意的一些事項

(1)　分詞片語和關係子句相似，也有限制用法與非限制用法之別，前者不必使用逗點，後者必須以逗點使之與被修飾之名詞分開。例如：

1.　A student *hoping to pass this exam* should work very hard.　（限制用法）想通過這個考試的學生應該很用功唸書。

2.　John, *hoping to pass this exam*, has been working very hard.　John 想通過這個考試，他一直不斷地在用功唸書。

(2)　有些固定的分詞片語，常置於句首，並被視作句子修飾語。常用者有：*generally speaking*「一般而言」、*considering everything*「把一切都考慮過之後」、*everything being equal*「所有條件都相等的情形下」、*frankly speaking*「坦白地說」、*strictly speaking*「嚴格地說」、*granted that*「假定，即使」、*roughly speaking*「粗喿地說」、*judging from*「由…看來，由…判斷」、*speaking of*「談到」等。例如：

1.　*Generally speaking*, she is a better student than he(is).　一般來說，她比他是一個更好的學生。

2.　*Frankly speaking*, I don't like what you said.　坦

白地說，我不喜歡你的說法。

3. ***Everything being equal***, this theory should be considered better than that one. 在所有條件都相等的條件下，應該認爲這個理論比那個理論好。

《做練習下冊，習題10》

第九章

動名詞
(Gerund)

9.1 動名詞的形式(Forms of Gerund)

　　動名詞(gerund)的形式與現在及完成分詞完全相同，例如 writing、working、having written、being written、having been written 等。

　　動名詞可以視爲當作名詞功能使用的 V-ing 形式。

9.2 動名詞的文法功能(Functions of Gerund)

　　動名詞與分詞最主要的分別在於動名詞具有名詞(或更精確地說，與名詞相等）的功能，在句子中只能當主詞、受詞、補語、介詞受詞或同位語使用。而分詞則主要作修飾語。

9.2.1 動名詞作句子主詞

　　動名詞可以作句子的主詞，例如:

1. ***Studying English*** is useful.　唸英文是有用的。

2. ***Listening to pop music*** bored him.　聽流行音樂使他覺得無聊。

3. ***Tom's smoking in that air-conditioned room*** disturbed almost everyone there.　Tom 在那個冷氣房間裏抽烟使裏頭的幾乎每個人都覺不安。

4. ***Jogging*** is her favorite sport.　慢跑是她喜愛的運動。

動名詞也可以用於表示禁止某種活動的短標語，如 No parking「不准停車」; No smoking「不准抽烟」等。

9.2.2　動名詞作句子受詞

動名詞可置於動詞後面，作句子受詞，例如:

1. He does not like ***swimming***.　他不喜歡游泳。

2. She has just finished ***doing her homework***.　她剛剛做完功課。

3. We must avoid ***over-eating***.　我們必須避免吃得太多。

有些動詞後面只能接動名詞做受詞，有些則可以接動名詞或不定詞。關於這方面的詳細情形，參看下面 9.3 節。

9.2.3　動名詞作主詞補語

動名詞可置 be 後面，作主詞補語。例如:

1. His favorite sport is ***swimming***.　他喜愛的運動是游泳。

2. My first job was ***selling sewing machines***.　我第一

份工作是賣縫紉機。

3. One of her hobbies is *collecting stamps.* 她嗜好之一是集郵。

9.2.4 動名詞作介詞受詞

動名詞可置於介詞後面，做介詞的受詞。例如：

1. I am responsible *for taking care of the baby.* 我負責照顧這嬰兒。

2. She is tired *of doing her homework.* 她做功課做得厭煩了。

3. I am sorry *for not giving you an early reply.* 我很抱歉沒有早點給你回覆。

4. She is thinking *of retiring.* 她正在考慮退休。

5. There is no point *in arguing with him.* 跟他爭論沒有用處。

6. He is afraid *of being punished.* 他怕受處罰。

7. I am fond *of swimming.* 我喜歡游泳。

9.2.5 動名詞作名詞同位語

動名詞可像名詞一樣，當作另一名詞的同位語。注意逗號的使用。例如：

1. His recent research, *analyzing the acoustic properties of the fricatives in Chinese,* takes up much of his time. 他最近的研究，也就是分析中文擦音的聲波特性，佔用了他很多的時間。

2. Our project, ***providing food and shelter for the poor,*** was once considered to be impractical. 我們的計劃，也就是提供窮人食宿，一度被認為不切實際。

9.3 動詞與動名詞連用

上面我們提過，動名詞可作動詞的受詞。但是，不定詞也可以做動詞受詞。因此，我們會問，是否所有動詞後面都可以接動名詞或不定詞呢？答案是否定的。一般來說，有三種情形：有些動詞後面能接動名詞但不能接不定詞；有些動詞後面可接動名詞或不定詞，其語意完全沒有或沒多大差異；有些動詞後面可接動名詞或不定詞，但二者之語意有所不同。

9.3.1

有些動詞後面可接動名詞，或其他結構（如 that 子句），但不能接不定詞。這類動詞常用的有：

admit 承認	anticipate 預期
appreciate 欣賞／感謝	avoid 避免
consider 考慮	defer 延緩
contemplate 打算	delay 延遲
deny 否認	detest 厭惡
dislike 不喜歡	endure 忍受
enjoy 喜歡／覺高興	escape 逃避
excuse 原諒	face 面對
feel like 很想	finish 完成

fancy 想像   forgive 原諒

give up 放棄   imagine 想像

can't help 禁不住／不能不   involve 牽涉／含有

mention 提及   miss 錯過

mind 介意(主要用於否定及疑問式)

postpone 延期   practice 練習

resent 憎惡   resist 抗拒

risk 冒險   can't stand 不能忍受

suggest 提議   understand 明白

等

(另外有些常用說法後面也接動名詞, 如: it's no use／good...; there's no point in...; it's worth...,to have difficulty...; spend／waste time...以及 go＋V-ing 等。)

例如:

1. She admitted **stealing my money.** 她承認偷了我的錢。

2. Will Tom consider **selling his new house**? Tom 會考慮把他的新房子出售嗎?

3. He can't help **missing her.** 他禁不住想念她。

4. You mentioned **seeing her at the library.** 你提到在圖書館見過她。

5. Why do you keep **complaining**? 你為什麼一直不斷地抱怨。

6. I never fancy **meeting her under such condition.** 我從未想像過在那種情況下遇見她。

7. We must avoid *using unauthorized computer software.* 我們必須避免使用未經授權的電腦軟體。

8. Would you mind *opening the window*? 請打開窗子。

9. I don't mind *helping her.* 我並不介意幫助她。

10. She has just finished *writing the report.* 她剛寫完那份報告。

11. The film is worth *seeing.* 這部電影值得看。

12. It's no use *trying to persuade him.* 想說服他是沒用的。

9.3.2

有些動詞後面可接動詞或不定詞，其語意完全沒有或沒有多大差異。這類動詞常用的有：

advise 建議	allow 允許
begin 開始	can't bear 不能忍受
cease 停止	continue 繼續
intend 打算	recommend 推薦
permit 允許	require 需要
start 開始	want 需要
like 喜歡	
等	

例如：

1. We began *shouting.* 我們開始大叫。
   We began *to shout.*

2. He continued *contributing money to the church.*
他繼續捐錢給教會。

He continued *to contribute money to the church.*

3. She never ceased *complaining about our service.*
她從未停止過抱怨我們的服務。

She never ceased *to complain about our service.*

4. I like *to help him.*　我喜歡幫助他。

I like *helping him.*

5. I intend *selling the house.*　我打算把房子出售。

I intend *to sell the house.*

對 intend 而言，不定詞比較更常用。

對 *advise*、*allow*、*permit* 及 *recommend* 而言，如這些動詞之後沒有另外的名詞時，用動名詞，否則用不定詞。例如：

6. They don't allow *parking here.*　他們不允許在此地停車。

但　7. They don't allow *us to park here.*　他們不許我們在此地停車。

8. The overcoat requires *washing.*　這外衣需要洗。

第 8 句之 washing 要比 to be washed 要更常用。動詞 need 與 want 的用法亦類似。

注意：(a)　動詞 *love*、*hate* 及 *prefer* 也可算是屬於這一類的動詞，其後面接不定詞或動名詞的語意沒什麼區別。例如：I hate *working*（或 *to work*）in the evening.　我不喜歡晚上工作。

(b)　雖然 *propose*、*attempt* 及 *intend* 後面可接動名詞

或不定詞，但是不定詞比較常用。例如：He *intends to do* some research on phonetics. 他打算在語音學方面做一些研究。

9.3.3

有些動詞後面可接動名詞或不定詞，但其語意有所不同。說明如下：

(1) 動詞 *remember*、*regret*、*forget*、*stop*、*go on* 與動名詞連用，動名詞表示較早（較這些動詞更早）發生的動作。但與不定詞連用時，不定詞表示在這些動詞發生之後再發生的動作。例如：

1. I *remember seeing* him at the library. 我記得在圖書館見到她。（see 在 remember 之前）

2. I *remembered to lock* the door. 我當時記得把門鎖上。（lock 在 remember 之後）

3. I *regret telling* her the truth. 我很後悔把眞相告訴她。（tell 在先，regret 在後）

4. I *regret to tell* her the truth. 我覺得很遺憾，要把眞相告訴她。（regret 在先，tell 在後）

5. I *forget giving* her my address. 我忘記給過她我的地址。（give 在先，forget 在後）

6. I sometimes *forget to sign* my name.（forget 先於 sign）

7. She *stopped talking* to me. 她不跟我說話。（talking 是正在做的動作，stop 發生於 talk 之後）

8. She ***stopped to ask*** me a question.　她停下來，要問我一個問題。（stop 先於 ask）

有時候 stop 後面的動名詞表示經常做的事。例如：

9. I will ***stop smoking.***　我會戒烟.

go on＋動名詞表示「繼續做一件一直在做的事」，但 go on＋不定詞則表示「改做另一件事」。例如：

10. We ***went on playing*** baseball.　我們繼續打棒球。

11. He began by reading the paragraph aloud and ***went on to tell*** us about its meaning and structure.　他開始先把這段落朗誦，然後接著告訴我們有關這一段的意思及結構。

(2)　動詞 mean＋動名詞表示「包含／意味」，其主詞通常不涉及人身的字（如 this, it 等）；mean＋不定詞表示「打算」之意。例如：

1. She is determined to buy a ticket for the concert even if it ***means standing*** in line all night.　她決心要買到一張音樂會的票，即使要排隊排一整晚也在所不惜。（要買票意味要排整晚的隊）

2. I ***mean to get*** there on time.　我打算準時到達那兒。

(3)　動詞 propose＋動名詞表示「建議／提議」；但 propose＋不定詞則表示「打算」。例如：

1. I ***propose waiting*** for them at the station.　我提議在車站等他們。

2. I ***propose to work*** overtime.　我打算加班。

(4) 動詞 try＋動名詞表示「做動名詞的動作，看看其結果如何」(通常是動名詞的動作已做，其效果如何則未定或未知)；try＋不定詞表示「努力／試圖做不定詞的動作」(但不定詞的動作是否做到也未知／未定」，例如：

1. I *tried apologizing* to her but she was still angry with me. 我試試看向她道歉，但她還是生我的氣。(道歉的「動作」已做，但未收效)

2. I *tried to apologize* to her. 我設法向她道歉。(但「道歉」這「動作」做到與否則未知；因為如果情形是：I tried to apologize to her. But I didn't see her today. 我沒見到她，當然無法 (也沒有) 道歉了。)

3. I *tried* my best *to understand* him. 我盡力設法了解他。(是否了解，聽者不知道)

(5) 動詞 see、watch、hear＋動名詞表示「看／聽到動名詞的動作的部分」(我們看／聽到這動作時，動作本身正在進行)；see、watch、hear＋不定詞 (不帶 to)表示「看／聽到不定詞的動作的全部過程」。例如：

1. I *heard* him *practicing* the piano. 我聽見他正在練習鋼琴。

2. I *heard* him *play* that sonata. 我聽到他彈了那首奏鳴曲。(暗示我聽到整首曲子，他從頭到尾的彈奏過程)

(6) 有些形容詞與動名詞或不定詞連用時，也會有語意不同的情形。

如：

(A)　be afraid＋不定詞與 be afraid of＋動名詞通常沒有太大的差異。例如：

1.　She *is afraid to speak* in front of an audience.
   她怕在觀眾面前說話。

2.　She *is afraid of speaking* in front of an audience.　她怕在觀眾面前說話。

但如果動作是非自願的或非我們自己所能控制的時候，只能用動名詞。例如：

3.　I never go out at night. I *am afraid of being mugged.*　我晚上從不外出。我怕被搶劫。(不能說＊…to be mugged)

4.　He put on a heavy sweater. He *was afraid of catching cold.*　他穿上一件厚毛衣。他怕感冒。(不能說＊…to catch cold)

相對的，　be afraid＋不定詞表示的動作通常是故意的，也是我們自己能控制的。因此我們可以說：

5.　She was afraid to fly. So she didn't fly.　她怕坐飛機（飛行）。所以她不坐飛機（飛行）。

但我們不可能說：

6.　＊He was afraid to catch cold. So he didn't catch cold.　＊他怕感冒，所以他不感冒。

7.　＊I was afraid to get cramp.　So I didn't get cramp.　＊我怕抽筋，所以我不抽筋。

「坐飛機」、「說話」等動作是我們有意的動作，如害怕，我們可

以不做，因此例 5 是可以說的。但「感冒」或「抽筋」卻非我們所能控制之事，因此不能說 5 或 6。

(B) sorry＋不定詞表示爲正在做或將要做的事表示歉意；sorry for＋動名詞表示爲早先所做過的事表示歉意。例如：

1. I am ***sorry to disturb*** you.　我很抱歉，要打擾你了。

2. I am ***sorry for waking*** you up so early this morning.　我很抱歉，今天早上那麼早就把你給弄醒了。

be ashamed＋不定詞及 be ashamed of＋動名詞（因……而覺慚愧或羞恥）的用法也相似。因早先做過的事而覺慚愧用動名詞，因將要做之事而覺慚愧則用不定詞。例如：

1. She ***was ashamed to ask*** for help.　她恥於向別人求助。

2. I ***am ashamed of lying*** to her.　我因爲向她說謊而覺得慚愧。

9.4　所有格形容詞（如 my、your、his 等）或受格代名詞（如 me、you、him 等）＋動名詞

如動名詞緊接於動詞後面時,句子的主詞也是做動名詞動作的人。例如：

1. ***I*** insisted on ***working in the evening***.　我堅持晚上工作。（***I*** work in the evening.）

然而，動詞與動名詞之間如有所有格形容詞(his、my 等)或受格
代名詞 (him、me 等) 時，做動名詞動作之人是所有格形容詞或受格
代名詞所指的人。例如：

2.　Tom insisted on *my／me coming early.*　Tom 堅
持要我早來。（早來的是「我」不是 Tom）

其他的例子如：*dislike*、*fancy*、*involve*、*like* 的否定用法、
mean、*mind*、*propose*、*resent*、*save*、*stop*、*suggest*、*approve*
of、*disapprove of*(不贊成)、*object to*(反對)，*there's no point*
in 等。

3. a.　He objects to *my ／me helping* her.　他反對我幫
助她。（我幫助她）

b.　He objects to helping her.　他反對幫助她。（他幫助
她）

4. a.　*I* don't like *working* in the evening.　我不喜歡晚
上工作。（我工作）

b.　I don't like *your／you* working in the evening.
我不喜歡你晚上工作。（你工作）

5. a.　*I* don't mind *going* to John's party.　我不介意
去參加 John 的聚會。（我去參加）

b.　I don't mind *his／him going* to John's party.
我不介意他去參加 John 的聚會。（他去參加）

9.5　動名詞用法應注意的一些事項

(1)　動名詞的完成式是 having done、having eaten 等。動名詞

的被動式是 being considered、being taken、having been stolen 等。否定式是 not doing、not helping 等，例如：

1. She was accused of ***having stolen*** my money. 她被指控偷了我的錢。

2. I don't like ***being punished.*** 我不喜歡受罰。

3. She insisted on ***not giving*** him the money. 她堅持不把錢給他。

(2) 動詞 ***mind*** 主要用於否定及疑問句，其後可接動名詞但不能接不定詞。例如：

1. Do you mind ***waiting*** for me? 你可以等我嗎？

2. I don't mind ***living*** on the ground floor. 我不介意住在一樓。

(3) 在介詞 to 的後面要用動名詞。常用而含介詞 to 的用語有 ***look forward to*** 「企盼／盼望／期望」」、***be used to*** 「習慣於」，***be accustomed to*** 「習慣於」等。例如：

1. I am looking forward to ***seeing*** you soon. 我盼望不久可以見到你。

2. She is used to ***living*** in the countryside. 她習慣住在鄉下。

(4) 動名詞的名詞性質可以用「the＋動名詞＋of 片語」表示之。例如：

1. ***Bribing officials*** is a serious offense. 賄賂官員是

嚴重的罪行。

2. ***The bribing of officials*** is a serious offense. 賄賂官員是嚴重的罪行。

句 2 比較更具名詞特性，而 of 片語中的名詞是動名詞的「受詞」。「動名詞＋名詞」可以含副詞修飾語，但與其相對應的「the＋動名詞＋of 片語」中，副詞要改為形容詞，因此我們說後者更具名詞的特性。例如：

3. a. I don't approve of ***punishing Peter severely.*** 我不贊成嚴厲地懲罰 Peter。

   b. I don't approve of ***the severe punishing of Peter.*** 我不贊成對 Peter 的嚴厲懲罰。

4. a. ***Closing the hotel unexpectedly*** surprised us all. 突然地關閉旅館使我們所有人都很驚訝。

   b. ***The unexpected closing of the hotel*** surprised us all. 旅館的突然關閉使我們所有人都很驚訝。

另外，「the＋動名詞＋of 片語」中，of 片語的名詞也可以是動名詞的「主詞」。例如：

5. He was disturbed by ***the barking of the dog.*** 那隻狗的吠聲使他不安。

6. ***The crying of the baby*** disturbed him. 嬰兒哭聲使他不安。

句 5 中 barking 是 dog 所做，句 6 baby 也是 crying 的主詞。因此，這兩個動名詞片語也可改為 the dog's barking 及 the baby's crying.

但要注意：如「主詞」為人稱代名詞，只能用所有格＋動名詞，

如 her crying, its barking（不能說？＊ the crying of her 或？＊ the barking of it）。

《做練習下冊，習題 11》

第十章

介詞
(Preposition)

10.1　介詞簡説(A Brief Nate on Prepositions)

英語中的介詞(preposition)是一些沒有詞尾或其他字形變化的字，置於名字或名詞相等語之前，表示「時間」、「處所」、「方向」、「狀態」、「原因」、「方法」、「結果」、「程度」等語意功能。介詞又稱爲「介系詞」或「前置詞」，雖然本身不具詞尾及字尾變化的字，但尾隨而受介詞支配的名詞或名詞相等語稱爲介詞的受詞(object of preposition)，功能爲受格。因此，如介詞之後爲代名詞時，應用受格的詞形(例如 for him、by them 等)。以下是一些含介詞的例句。

1.　He will come *on* Monday.　(時間) 他星期一會來。

2.　They arrived *in* France.　(地方) 他們到達法國。

3.　He made this toy *by* hand.　(狀態／方法) 他以手工來做這玩具。

3.　We did it *for* his good.　(目的／原因) 我們是爲他着想才這樣做。

4.　He went there *by* taxi.　(方式) 他坐計程車到那兒去。

5. She left early *because of* her headache. （原因）她因為頭疼而提早走了。

　　介詞的分類其實很難做得完善，也很難有一致的分法。我們只要打開不同的文法書，很容易就看到很多不同的分類法。而且，有些語意的類別（如原因、理由、目的等）也不見得很容易畫分。然而，從實用的「教」與「學」的過程看來，以語意為基礎的分類法的確也能幫助學生記憶與學習。以下我們就以這種語意／觀念上的分類法來簡介介詞的用法。

10.2　介詞的種類

10.2.1　表示時間的介詞

　⑴　*on*、*at*、*in* 都可表示某一時間，其用法則不同。on 通常與日或日期（day／date）連用，at 通常與某一時間、年紀(a time／age)連用，in 通常與早上、下午、晚上、星期、月、季、年等(week／month／season／year 等)連用。例如：

1. He got here *in* the morning.　他早上抵達這兒。

2. She was born *on* September 1, 1962.　她生於公元一九六二年九月一日。

3. I saw her *in* 1985.　我 1985 年見過她。

4. I'll see you *at* 8:30 tomorrow morning.　我明天早上八點半見你。

5. He got married *at* twenty-seven.　他二十七歲結婚。

其他常用的例子如：

at night、　*at* noon、　*at* six、　*at* midnight、*at* dawn、

at the age of ten（nine、twenty 等）、*at* this moment、*at* that

time、　*at* Christmas、　*at* Easter 等。

on Sunday、　*on* July 4、　*on* Christmas Day、　*on* Monday

morning、　*on* the morning of June 10、　*on* holidays、　*on* New

Year's Eve 等。

in Octorber、　*in* 1997、*in* the morning、*in* the afternoon、

in the evening、　*in* the spring、　*in* my childhood 等。

(2)　*since*、　*by* 、*from...to*（*until*／*till*）、　*for*、　*during*、

in／*within* 等表示一段時期。例如：

1.　He has been living here *since* 1961.　他自從 1961 年
　　以來一直都住在這兒。

2.　We usually work *from* nine o'clock in the morning
　　to（*till*／*until*）five o'clock in the afternoon.　我們
　　通常從上午九點到下午五點上班工作。

3.　I haven't seen him *for* almost two years.　我幾乎兩
　　年沒見過他了。

4.　She will finish writing the report *by* the end of the
　　month.　月底以前她會寫好報告。

5.　I'll be back *in* an hour.　我一個鐘頭內會回來。

6.　He swam a great deal *during* the summer vaca-
　　tion.　暑假他常游泳。

注意：(a)　*during* 與 *in* 都可以表示一段時間，通常也可以通

用，但 during 比較強調完整的一段時間。

(b) *in*、*within* 與 *by* 與時間用語連用時，其語意之分別
是：in 與 within 表示「在 …… 時間內」（not
beyond...），by 表示「在……以前／不遲於……」
(not later than...)。例如：

He learned to speak English *in*/*within* two
years.　他兩年之內學會說英文。

I'll be back *by* Saturday.　我星期六以前會回來。

但，in 也可表示「在……之後或在……之末」(at the
end of...或 after)。例如：

This house will be completed *in* a month.　這
房子一個月會建好。

I'll see you *in* an hour.　我一小時後見你。

(c) *in* time 表示「及時」，*on* time 表示「準時」。

(d) *since*＋時間詞語常與完成時式連用。例如：

I *haven't seen* him *since last Monday*.

(3) 表示先後的介詞有 *after*、*before*、*prior to*、*subsequent
to* 等。例如：

1. I will see you *before* Monday.　我會在星期一以前見
你。

2. He likes to watch TV *after* dinner.　晚飯後他喜歡
看電視。

prior to (＝before)與 *subsequent to* (＝after)為正式以及
文言的用語。例如：

3. I will make no statement *prior to* a thorough investigation of this matter.　在深入調查這件事以前我將不發表任何談話。

10.2.2　表示處所的介詞

(1)　*in*、*at*、*on* 用法之區別：

in 常與比較大之地方詞語連用（如大城市、國家等），*at* 則表示比較小的地方（如車站、機場、辦公室等）；表示地址時，*on* 與街道名稱連用，*at* 與門牌號碼連用。例如：

1. She lives *in* Taipei.　她住在臺北。

2. He is now *in* Spain.　他現在在西班牙。

3. I saw him *at* the airport yesterday.　昨天我在飛機場見到他。

4. They live *on* Peiping Road.　他們住在北平路。

5. She lived *at* 1177 West 27th St.　她住在西二十七街 1177 號。

6. I'll see you *at* my office.　我將會在辦公室見你。

另外，*in* 表示「在內」，*on* 表示「在上」（某物表面之上，與之接觸），*at* 表示「在某地點」或其鄰近之處。例如 *in* the room, *on* the table, *at* the store 等。

(2)　*above* 與 *over* 表在「在……上方」，常可通用。例如：

1. The kite was right *above*/*over* our heads.　風箏正好在我們頭頂上方。

2. The helicopter hovered *above*/*over* the tree.　這直

昇機在樹上方盤旋。

但要表示「覆蓋」、「在另一邊」、「橫／跨過」時，只能用 *over*。
例如：

3. He lives *over* the mountains.　他住在山的另一邊。

4. She put a blanket *over* the child.　她把一條毯子蓋在小孩的身上。

5. There is a small bridge *over* the stream.　那條小溪上有座小橋。

(3)　*below* 與 *under* 都可表示「在……之下」，「比……低」常可通用，但通常 under 可表示有所接觸，而 below 通常表示兩者之間有空間，不直接接觸。例如：

1. I put the watch *under* the blanket.　我把手錶放在毯子底下。

2. They live on the floor *below* us.　他們住在我們下面的一層樓。（比較：They live on the floor *above* us.)

注意：(a) underneath 與 under 的用法相似，如 I　put　the watch *underneath* the blanket.

(b) beneath 通常表示在正下方，兩者之間有點距離。如 The dog lay *beneath* the tree.　「這狗躺在樹下」。

(4)　*over*、*above*、*under*、*below*、*beneath* 等可以表示比較抽象的語意。例如：

1. He is *over* me.　他是我上司。（他職位比我高）

2. He is *under* me. 他是我屬下。(他職位比我低)

3. She is *above* (*below*) him at school. 她在學校的班級比他高 (低)。

4. He thought it *beneath* him to do such a thing. 他認爲他不值得做這種事情。

(5) *between* 表示二者之間, *among* 表示多於二者之間。例如:

1. The money was divided *between* the two brothers. 錢分給那兩兄弟。

2. He had to choose *among* five different jobs. 他要在五份不同的工作中去選擇。

其他表示地方的介詞有 *beside* (在旁邊)、*behind* (在後面)、*opposite* (在對面)、*against* (對着/靠着) 等。

10.2.3 表示方 (動) 向的介詞

常用的表示方向/動向的介詞有 *to*、*from*、*at* 、*into*、*out of*、*toward*(*s*)、*away from*、*up*、*down*、*around* 、*through* 、*past*、 *by* 、*as far as*、 *up to* 等。例如:

1. Peter walked *into* the house. Peter 走進屋子裏。

2. He went *from* London *to* Manchester. 他從倫敦到曼徹斯特去。

3. She tried to shoot *at* the target. 她想朝着目標射擊。

4. She rushed *out of* the room. 她從房間衝出來。

5. He walked *toward(s)* the crowd. 他朝着群衆走過

去。

6. She ***ran away*** from home.　她離家出走。

7. They climbed ***up*** (***down***) the stairs.　他們爬樓梯上（下）去。

8. He ran ***around*** the playground.　他繞着運動場跑。

9. We can walked ***through*** the village in 15 minutes.　我們可以在 15 分鐘以內步行穿越這村子。

10. She just drove ***past*** (***by***) that supermarket.　她剛剛開車經過那家超級市場。

11. We can walk only ***up to*** (***as far as***) the front gate.　我們最多只能走到前門。

10.2.4　表示狀態的介詞

常用的有 ***with***、***like***、***in***、***on***、***by*** 等。例如:

1. He walks ***like*** a girl.　他走起路來像個女孩子。

2. She cut the orange ***with*** care.　她很小心地切橘子。

3. I accepted his gift ***with*** a smile.　我帶着微笑地接受他的禮物。

4. He came here ***with*** pleasure.　他很樂意到此地。

5. She went to school ***on*** foot.　她走路上學。

6. This souvenir is made ***by*** hand.　這個紀念品是用手工做的。

7. I can sing that song ***from*** memory.　我可以憑記憶把那首歌唱出來。

8. He can't give you an answer ***off*** hand.　他無法馬

上給你一個答案。

9. She told me everything *in* whisper. 她以耳語方式把一切都告訴我。

10. He came *by* taxi. 他坐計程車來。

10.2.5　其他的語意

(1)　原因或理由

for、 *because of*、 *out of* 等。

1. He blamed me *for* losing the game. 他因爲輸了這比賽而責怪我。

2. She left early *because of* her headache. 她因爲頭疼而提早走了。

3. They helped me *out of* sympathy. 他們因同情而幫助我。

4. I am angry *with* him. 我生他的氣。

(2)　目的

1. We did it *for* fun. 我們是爲了好玩才做這事的。

2. We did it *for* his good. 我們是爲他着想才做這事。

(3)　結果

1. My wife talked me *into* selling our car. 我太太說服我賣了我們的汽車。

2. She talked me *out of* joining that company. 她說服我不去那家公司工作。

(4) 伴隨／陪伴

1. I am going to the concert **with** my sister. 我跟我的妹妹一起去音樂會。

2. Do you like your coffee **with** sugar? 你的咖啡要放糖嗎?

(5) 工具

1. She cut the apple **with** a knife. 她用刀子切這蘋果。

2. He bought the car **with** his own money. 他用自己的錢買這部車子。

(6) 能力／功能

1. She did her job well **as** a secretary. 作為一位秘書她很稱職。

2. An infinitive can function **as** a noun. 不定詞可以當作名詞使用。

(7) 量度

1. The plane is flying **at** 500 miles an hour. 飛機正以時速 500 哩飛行。

2. The meat is sold **by** the pound. 這肉以磅為單位出售。

(8) 主事者

1. This book was written **by** Arthur.

   這本書是 Arthur 寫的。

2. The conference is sponsored **by** our company.　這
   會議是由我們公司所贊助的。

10.3　介詞與其他詞類連用

上面 10.2 一節中，我們依介詞的語意功能，分類討論介詞。事實
上，介詞很少單獨使用，通常介詞是與動詞、形容詞及名詞連用。

10.3.1　介詞與動詞

介詞與動詞的組合是形成「片語動詞」(phrasal verb)的方式之
一，另一種方式是動詞加介副詞(adverbial particle)。在本章中，我
們只列舉一些最常用的例子，在第十五章（片語動詞）裏我們再列舉
更多介詞與動詞的組合。

(1)　動詞＋介詞。例如：

add to　增加	***account for***　說明
accuse of　控告	***agree on***　同意（某事）
agree with someone ***on*** something　在某事上與某人同意	
approve of　同意, 批准	***argue with***　辯駁, 辯論
arrive at　到達	***ask for***　請求
belong to　屬於	***believe in***　相信
care for　想要, 喜歡	***complain about***　抱怨
comment on　評論	***consent to***　同意

consist of　包含	*consist in*　在於
depend on　依靠	*hear from*　得知,得到消息
hope for　希望	*long for*　渴望
insist on　堅持	*laugh at*　取笑，嘲笑
listen to　聽	*prepare for*　準備
rely on　依賴	*think of/about*　想到
wait for　等待	

等

其他常用例子如：*look at*（看）、*object to*（反對）、*pay for*（付錢）、*succed in*（成功）、*talk about*（談到）、*beg for*（懇求）、*beware of*（注意、當心）、*deal with*（應付、處理）等。

1. He dose not *believe in* ghost.　他不相信有鬼。

2. Tom's personal charm *adds to* his popularity.　Tom 的個人魅力使他更受人歡迎。

3. I *agree with* you *on* that point.　這一點, 我同意你。

4. They *arrived at* the airport.　他們抵達機場。

5. The customers *complained about* the high prices.　顧客對高價格有所抱怨。

6. I *have not heard from* him yet.　我還沒有他的消息。

7. Can you *comment on* this article?　你能評論這篇文章嗎?

(2)　動詞＋受詞＋介詞。例如：

add...to　　加……於……

blame...for　　因……而責怪…

charge...with　　因……而控告……

compare...with（*to*）　　以……與……比較

congratulate...on（for）　　因……而恭賀……

explain...to　　把……向某人解釋

fill...with　　把……注滿

help...with　　幫……做（某事）

introduce...to　　把……介紹給（某人）

quarrel with...about　　與……因某事吵架

remind...of　　提醒……（記得某事）

suspect...of　　懷疑……（做了某事）

translate...into　　把……翻譯（成某種語言）

等

其他例子如:*inform...of*（通知）、*excuse...for*（原諒）、*share...with*（與……分享）、*warn...against*（警告……）等。

1. If you *add* 2 *to* 3, you get 5.　2加3得5。

2. Her mother *blamed her for* the trouble.　她母親怪她惹麻煩。

3. Would you *explain this sentence to* me?　你可以把這句話解釋給我聽嗎?

4. We *filled the bottle with* milk.　我們把瓶子注滿牛奶。

5. I am going to *translate this book into* Chinese.　我會把這本書翻譯成中文。

(3) 含動詞與介詞連用的慣用語。例如：

fall in love with　　愛上

find fault with　　挑毛病；呼毛求疵

catch up with　　趕上

get in touch with　　連絡, 接觸

get along with　　和好相處

have (something) to do with　　與……有關

keep an eye on　　注意

keep...in mind　　記住

make up one's mind　　下決心

put into practice　　實行, 應用

make fun of　　取笑

put up with　　忍受

take...into consideration　　考慮。

等

其他例子如：*watch out for*（當心,注意）、*take...for granted*（視為當然）、*take care of*（照顧）等。

1. She *fell in love with* Tom.　她愛上了 Tom。

2. I will *get in touch* with you when I arrive in New York.　到了紐約以後我會跟你連絡。

3. We must *keep* his advice *in mind*.　我們必須記住他的勸告。

4. I want to *put* my theory *into practice*.　我想把我的理論實際地來應用。

5. She will *take* good *care of* us.　她會好好地照顧我

們。

10.3.2　介詞與形容詞

這裏的形容詞是廣義地指形容詞及分詞。例如：

absorbed in　專注於	*afraid of*　害怕
according to　根據	*accustomed to*　習慣於
angry with　生氣	*anxious for*　渴望，掛心
ashamed of　羞愧	*aware of*　知道，注意到
capable of　有能力	*confident of*　有信心
different from　不同	*eager for*　渴望
fit for　適合	*fond of*　喜歡
frightened at/of　害怕	*full of*　充滿
good at　善於	*interested in*　有興趣
hopeful of　期望	*involved in*　捲入，涉及
impatient at　不耐煩	*jealous of*　妒忌
late for　遲到	*mad at*　生氣
pleased with　高興	*necessary for*　需要
prepared for　準備好	*proud of*　引以爲傲
quick at　敏悟，聰明	*responsible for*　負責
sure of　確信，確定	*sorry for*　不安，抱歉
tired of　倦於	*used to*　慣於
valid for　有效	*welcome to*　歡迎

等

1. She is *afraid of* failures.　她怕失敗。

2. I was *absorbed in* my work.　我專注於我的工作。

3. George is **good at** math.　George 精於數學。

4. They are **jealous of** our success.　他們對我們的成功感到妒忌。

5. He is always **late for** work.　上班他老是遲到。

6. This ticket is **valid for** two months.　這張票兩個月內有效。

7. He is **aware of** the potential danger.　他注意到可能有的危險。

8. Her handwriting is **different from** mine.　她的筆跡跟我的不同。

其他的例子如：**aside from**（除……之外）、**close to**（接近）、**happy with**（高興）、**composed of**（由……組成）、**delighted with**（高興）、**accustomed to**（慣於）、**famed for**（著名）、**likened to**（比喻作）、**noted for**（有名）、**gifted with**（有天份）、**suited for**（適合）等。

10.3.3　介詞與名詞

名詞與介詞的組合與動詞或形容詞與介詞的組合略有不同。名詞不只可以置於介詞前面（如 **interest in**），也可以置於介詞後面（如 **in fact**、**in case**、**by chance** 等）。

(1)　名詞＋介詞。例如：

application for 申請　　　　**claim for** 要求

break with 方式或習慣之改變

answer to 答案　　　　　　**desire for** 渴望

emphasis on　強調	*interest in*　興趣
key to　解答	*arrival at*　到達
confidence in　信心	*comparison with*　比較
devotion to　奉獻	

等

1. His *application for* admission has been accepted. 他的入學申請已經被接受了。

2. I have no *confidence in* her.　我對她沒有信心。

3. She has great *interest in* classical music.　她對古典音樂十分感興趣。

4. This is the *key to* the question.　這是這個題目的答案。

5. They made no *claim for* compensation.　他們沒有提出賠償的要求。

其他的例子如：*limit to* (限制)、*longing for* (渴望)、*room for* (空間)、*inquiry about* (詢問)、*opposition to* (反對)、*prospect of* (希望、遠景)、*search for* (搜尋) 等。

(2)　介詞＋名詞。例如：

in addition　除……之外	*on the basis of*　基於
in case　萬一，如果	*in charge*　負責
at ease　從容，舒坦	*in favor of*　有利於
in demand　有需求，銷路好	
on the ground of　以……爲理由	
on...occasion　在……場合	

on vacation 渡假

等

1. He wanted to see the person *in charge*. 他想見負責人。

2. The situation is *in favor of* our promotion project. 情況對我們的促銷計劃有利。

3. I did my assignment in math; *in addition*, I also finished typing my term paper. 我做好數學功課；此外，我也把期末報告打字打好了。

4. My new book is very much *in demand*. 我的新書銷路很好。

5. You should not jump to the conclusion *on the basis of* inadequate evidence. 你不應該基於不足夠的證據而過早下結論。

其他的例子如: *by chance* (偶然)、*with pleasure* (樂意)、*by permission* (允許)、*in the mood* (有心情)、*by heart* (能背出，憑記憶)、*in the presence of* (在……面前，面對……)、*on record* (記錄上)、*behind the scene* (幕後)、*in question* (在討論中的) 等。

10.4 介詞的位置

介詞後面一定有受詞。也就是說，通常介詞之後會有名詞或代名詞。但是在 *wh* 問句及關係子句中，受詞移前變成疑問詞或關係代名詞之後，介詞可以置於其受詞後面。例如:

(1) wh 問句

1. **What** is she interested **in**?　她對什麼感興趣呢?

2. **What** did you cut the apple **with**?　你用什麼來切這蘋果呢?

3. **Who** are you talking **to**?　你在跟誰說話?

注意: 在正式體裁中, 介詞也置至句首, 詞序就維持不變, 介詞在前, 受詞在後。例如:

In what is she interested?

With what did you cut the apple?

To whom are you talking?

(2) 關係子句

1. This is the kind of job (*that/which*) she is interested *in*.　這是她感興趣的那種工作。

2. Chemistry is the subject (*that/which*) he is interested *in*.　化學是他感興趣的科目。(what＝the subject which)

3. This is the knife (*that/which*) he cut the apple *with*.　這是他用來切這蘋果的刀子。

4. This is the company (*that/which*) I am working *for*.　這是我在那兒做事的公司。

同樣地, 這些句子的正式說法也使用介詞＋受詞的詞序。例如:

5. This is the kind of job *in which* she is interested.

6. Chemistry is the subject *in which* he is interested.

7. This is the knife *with which* he cut the apple.

8. This is the company *for which* I am working.

9. She is the person *with whom* I am talking. 她是我正在交談中的人。

《做練習下冊，習題 12》

第十一章

連接詞與子句
(Conjunctions and Clauses)

11.1 連接詞簡説(A Brief Note on Conjunction)

連接詞與介詞相似，都是沒有詞尾或其他字形變化的字。連接詞和介詞都是封閉性的詞類，數目不多。連接詞的功能是連接兩個子句，使之成爲一個句子。

連接詞分成兩大類：(1)「對等連接詞」(coordinators, 或稱 coordinating conjunctions) 如 *and* 、 *or*、*but* 等；(2)「從屬連接詞」(subordinators 或稱 subordinating conjunctions) 如 *because*、*if*、*though*、*that*、*which*、*where* 等。

以下句子中，斜體字都是連接詞：

1. He promised to do the work *and* he said he would do it well.　他答應做這工作，而且他說他會把它做好。

2. Is the book on the desk *or* in the drawer?　書是在桌上還是在抽屜裏呢？

3. We won't go swimming *if* it rains.　如果下雨的話，我們就不去游泳。

4. I saw Mary *when* I was walking out of the library.
   我走出圖書館的時候，看見 Mary。

5. I need a pencil *and* a piece of paper. 我需要一枝
   鉛筆和一張紙。

11.2 對等連接、從屬連接及子句(Coordination, Subordination and Clauses)

　　對等連接是利用連接詞把兩個功能相當的結構連接在一起，例如名詞與名詞、動詞與動詞、片語與片語、子句與子句等等。連接以後，被連接的兩個結構文法功能仍相當獨立及對等，並無主從之分。如被連接者為兩個子句，則兩個子句都是「獨立子句」或稱為「對等子句」(independent clauses, coordinate clauses)。也有人認為兩個都是「主要子句」(main clause)。

　　從屬連接是利用連接詞把兩個子句連接在一起，連接以後，以連接詞引導之子句成為另一子句中的一部份，稱為「從屬子句」(subordinate clause)，而另一子句則稱為「主要子句」(main clause)。

　　上面 11.1 節中，例 1 之兩子句 he promised to do the work 及 he said he would do it well 都是獨立／對等子句，沒有主從之分；但在例 3 中，we won't go swimming 是主要句子，*if* 引起的子句 if it rain 的功用只是一個副詞，修飾 won't go，表示「不去」之條件，是主要子句的一部分，我們可以用其他副詞取代之，例如：We won't go swimming *tomorrow*.

11.2.1　對等連接與獨立／對等子句

我們以下面圖解，說明對等連接的情形。

1.　I saw Mary **and** Tom.　我看見 Mary 和 Tom.

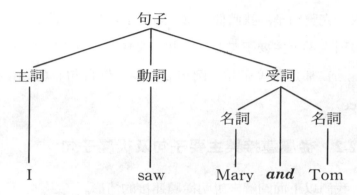

　　句 1 之 and 連接兩個名詞 Mary 與 Tom，兩者之詞類及文法功能都相等，在圖中也是以併立的方式表示。

2.　I like your reasoning **but** Tom likes your conclu-
　　sions.　我喜歡你的推理方式但是 Tom 喜歡你的結論。

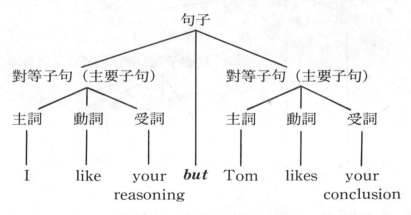

　　句 2 之連接詞 **but** 連接兩個子句（I like your reasoning 與

Tom likes your conclusion)，兩者也是處於相等的地位，並無主從
之分，在圖中也是以併立的方式表示之。

　　類似句 1 與句 2 中的連接詞我們因此稱爲「對等連接詞」。由對等
連接詞所連接的子句，功能相當，地位相等，無主從之別，各自能獨
立成一完整句子，我們稱之爲「對等子句」（或「獨立子句」，也有文
法書稱之爲「主要子句」）。因此句 2 中兩個子句（I　like...及 Tom
likes...）都是對等子句。例句 2 稱爲「併合句」（compound　sen-
tence）。

11.2.2　從屬連接與主要子句及從屬子句

　　我們以下面圖解來說明從屬連接的情形。

　　1.　He said **that** he saw me.　他說他看見我。

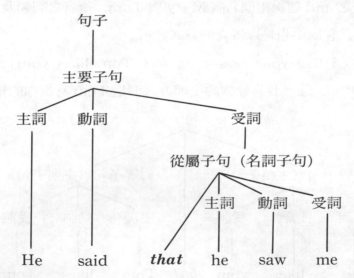

　　從以上圖中，我們可清楚地看到子句 **that** he saw me 只是主要
子句的一部分，做主要子句中動詞 said 的受詞。因此這種子句稱爲「從

屬子句」，而例句 1 之從屬子句依其文法功能區分，稱爲「名詞子句」
（noun　clause）。除名詞子句以外，從屬子句還有「形容詞子句」
（adjective clause）與「副詞子句」兩大類。以下我們各舉一例說明
之。含有從屬子句（無論是名詞或形容詞子句或副詞子句）的句子，
如例句 1 以及下面之例句 2 及 3，均稱爲「複合句」（complex　sen-
tence）。

2.　He saw the man **who**(**m**) Tom admired.　他看見那
　　個 Tom 所佩服的人。

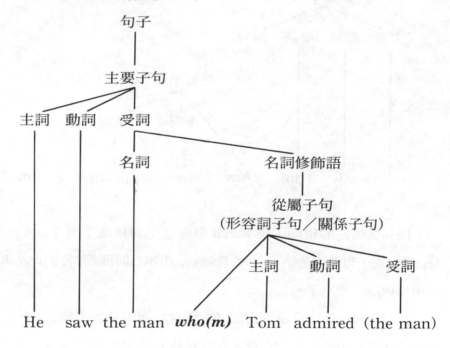

　　例句 2. 的圖解也很清楚地顯示出，從屬子句 **who**(**m**) Tom ad-
mired 是主要子句的一部分，做主要子句之受詞 the man 的修飾語。
形容詞子句在構成的過程中，子句中必含有與其主句中某一名詞（亦
即其修飾的名詞）指稱相同的名詞，而這名詞的文法功能，由關係代

名詞表示。在說話時，這個與關係代名詞的先行詞指稱相同的名詞不必說出來。但在圖解分析時，在關係子句中我們還是寫上(the man)，使句子結構更清楚。

3. I saw Tom *when* he was eating his lunch. Tom 在吃午飯時我看見他。

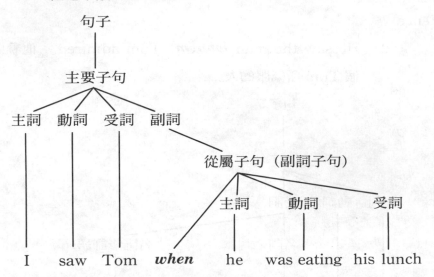

例句 3 的圖解也顯示出 *when* 引導之子句構成主要子句的一部分，做主要子句中主動詞 saw 的修飾語，功能為時間副詞，因此 *when* 子句也稱為「副詞子句」。

我們在這一節中，分別討論並說明從屬連接及對等連接，以及這兩種連接過程中所產生的各種子句的結構及其文法功能以後，我們以這種理解作基礎，在下面 11.3 及 11.4 兩節中，分別介紹並討論「對等連接詞」及「從屬連接詞」的用法。

11.3　對等連接詞(Coordinators／Coordinating Conjunctions)

對等連接詞可以連接兩個子句，或兩個結構相等的部分（包括詞與片語）。例如：

1. I saw *Mary* and *Tom*. （兩個名詞）

2. Is the book *on the desk* or *in the drawer*? （兩個介詞片語）

3. *I like your reasoning* but *Tom likes your conclusion*. （兩個子句）

對等連接詞在形態上分為三種：(1) 單字對等連接詞，如 *and*、*or*、*but*、*for*、*nor*、*so*、*still*、*yet*；(2) 成對使用的對等連接詞，如 *either...or*、*neither...nor*、*not only...but also*、*both...and*、*not...but*；(3) 詞組形式的對等連接詞，如 *as well as*、*no less than*、*not to say*、*rather than* 等。

注意：*and* 與 *or* 可以連接兩個以上的結構。例如：

Do you like *apples*, (*or*) *oranges*, or *bananas*；

I saw Tom, (*and*) Mary, (*and*) Peter, *and* Louis.

(1)　*and* 與 *both...and*

1. We need some tea *and* a cup. 我們需要一點茶和一個杯子。

2. The dictionary is very good *and* it sells very well. 這本字典很好而且也很暢銷。

3. *Both* Tom *and* Mary are here. Tom 和 Mary 都在這兒。

4. The story is *both* exciting *and* interesting. 這故事既緊張又有趣。

注意：連接單字或片語的對等連接詞可視作連接兩個子句並省畧重複部分而成。例如：例句 1 可以視爲 *We need* some tea and *we need* a cup. 省畧重複出現之語詞而成。

(2) *or* 與 *either...or*

1. What would you like for your birthday present, a radio *or* a camera? 你喜歡什麼東西做生日禮物，收音機或是照相機?

2. You must come home early tonight, *or* Mother will be angry with you. 你今晚必須早點回家,否則媽媽會生氣。

3. The drugstore is about three *or* four blocks away. 藥房離這兒大約三或四條街。

4. She is *either* too happy *or* too nervous. 她是太高興或者是太緊張了。

5. *Either* you *or* she is responsible for this. 你或是她要爲此事負責。(注意：動詞與 she 一致。有關主詞與動詞的一致，參看簡明現代英文法上册第十五章)

(3) *nor* 及 *neither...nor*

1. I saw *neither* Mr. Smith *nor* his secretary. 我既

沒見到 Smith 先生也沒見到他的秘書。

2. ***Neither*** you ***nor*** he was absent yesterday.　你或他昨天都沒有缺席。

3. He didn't like her, ***nor*** did I.　他不喜歡她，我也不喜歡她。

注意例句 3 中 nor 引導的子句的倒裝詞序。事實上，否定對等連接詞 neither、nor、not only...but also 等置於子句首時，都要倒裝。例如：

4. I can't swim, （and）***neither can he***.　我不會游泳，他也不會。

5. ***Not only did she*** babysit for us, ***but*** she　（***also***）helped us with some of the housework.　她不只替我們看小孩，而且還幫我們做一些家事。

6. He wasn't nervous, ***nor was I***.　他不緊張，我也不緊張。

此外，對等連接詞 so 在類似例句 3 的情形下，也要倒裝。例如：

7. He is a scientist, （and）***so is his*** wife.　他是一位科學家，他太太也是。

8. I study linguistics, （and）***so does he***.　我唸語言學，他也唸語言學。

⑷　***but***、***yet***，以及 ***still***

這三個對等連接詞都表示兩個子句之間含有「對比」或「相反」的語意。

1. She is poor, ***but*** she is happy.　她窮，但是她快樂。

2. I am very busy, *but* he is not.　我很忙，但他不忙。

3. He tried hard, *yet* he failed.　他努力過，但失敗了。

4. She is very honest; *still* they do not trust her.　她十分誠實，但是他們還是不信任她。

有些文法學家認爲 *yet* 與 *still* 應與 *however*、*therefore* 等語氣承轉用語 (transitional words) 同類（關於 however 等字，參看 11.5）。

(5) *so* 與 *for*

so 表示結果，for 表示原因。例如：

1. He was sick yesterday, (and) *so* he was absent.　他昨天生病，所以缺席了。

2. He was irritable and unreliable, (and) *so* none of us liked him.　他既暴躁又不可靠，所以我們沒有一個人喜歡他。

3. She didn't like him, *for* he was unreliable.　她不喜歡他，因爲他不可靠。

4. I asked to be transferred, *for* I was unhappy.　我要求調職，因爲我覺得不快樂。

注意: (a) *so* 與 *for* 只可以連接兩個子句,不可連接子句的部分（換言之,如兩子句有相同之詞語時,也不可以省畧）。因此, 上面例1與例4不可以說成＊? He was sick yesterday, *so* was absent.❶ 或＊ I asked to be transferred, *for* was unhappy.

(b) 因爲(a)所述之特性, 有些文法學家認爲 *so* 與 *for* 與

眞正的對等連接詞不完全相同，但與從屬連接詞也不一樣，因爲大多數從屬子句都可以置於主要子句之前或後，但 *for* 與 *so* 引導之子句通常置於另一子句之後。因此我們也不能說＊For I was unhappy, I asked to be transferred. 或＊So he was absent, he was sick yesterday. （試比較從屬子句，我們可說 Because I was unhappy, I asked to be transferred. 也可以說 I asked to be transferred because I was unhappy.）所以，*for* 與 *so* 似乎是介於對等與從屬兩種連接詞之間的連接詞。

(6) *not only...but(also)* 與 *not...but*

這兩種對等連接詞都強調 but 後面的結構。例如：

1. *Not* Larry, *but* his brother is the boss of this company. 這公司的老闆不是 Larry 而是他的哥哥。

2. He came *not* to learn, *but* to fool around. 他不是來學習，而是來胡混。（比較：He did *not* come to learn, *but* to fool around.）

3. They *not only* came, *but* they *also* helped us clean the house. 他們不但來了，而且還幫忙我們清掃房子。

4. *Not only* you *but also* he is nervous. 不但你而且他也是很緊張。

注意：(a) not only...but 連接兩子句時，如 not only 移至句首，主詞及動詞要倒裝，如 Not only did they come, but they also... （參看上面(3)）

   (b)   關於 not only...but 連接兩個名詞（組）時作主詞時，與動詞一致的問題，參看簡明現代英文法上冊第十五章。

(7) **as well as**, **no less than** 等

    英語中，除上述的對等連接詞以外，還有一些詞組也具有對等連接詞的功能。例如 **as well as**「同，和」、**no less than**，「與…同，正如」、**as much as**「和，與…相同」、**rather than**「更，而不是」、**if not ／ not to say**「即使不是…」、**not so much...as...**「與其說…不如說…」等。

1. **She as well as you** is nervous. 她和你都緊張。（連接 she 與 you）

2. **She no less than you** is responsible for this. 她和你對此事都有責任。（連接 she 與 you）

3. The speech was addressed **to the teachers as much as to the students**. 這演說是對老師以及學生所講的。（連接 to the teachers 與 to the students）

4. I want **apples rather than bananas**. 我要蘋果而不是要香蕉。（連接 apples 與 bananas）

5. His conclusion was **doubtful** $\begin{Bmatrix} \textbf{\textit{if not}} \\ \textbf{\textit{not to say}} \end{Bmatrix}$

    incorrect. 他的結論即使不是不正確，也是有疑問的。（連接 doubtful 與 incorrect）

6. He is **not so much a scholar as a politician**. 與

其說他是一位學者，倒不如說他是個政客。(連接 a scholar 與 a politician)

注意： *as wall as* 及 *no less than* 連接兩名詞時均強調前面的一個，因此例 1、2 之動詞用 *is*。關於主詞與動詞一致的問題，參看上冊第十五章。

《做練習下冊，習題 13》

11.4 從屬連接詞(Subordinators／Subordinating Conjunctions)

在以上 11.2 節中，我們分別說明了從屬連接所產生的三種子句：名詞子句、形容詞子句、以及副詞子句。在這一節裏，我們以這三種子句為範圍，介紹各種從屬連接詞。

11.4.1 引導名詞子句的從屬連接詞

引導名詞子句的從屬連接詞常用的有： *that*、*what*、*when*、*who* (*m*)、*where*、*whose*、*which*、*how*、*why*、*if*、*whether* (*or not*)、*whatever*、*whoever*、*whomever*、*whichever*、*whosever*、*because* 等。

「名詞子句」在句子中的功能與名詞相當，可以當主詞、受詞、主詞補語、同位語、以及介詞的受詞。例如：

1. *What you just proposed* may not be a good idea.
   你剛才提出的可能不是一個好主意。(主詞)

2. I don't know *when he arrived*. 我不知道他什麼時

候到達。(受詞)

3. She knew *that I was right*. 她知道我是對的。(受詞)

4. We are all excited on hearing the news *that Tom will get married next month*. 我們聽到 Tom 下個月要結婚的消息都很高興。(news 的同位語)

5. In fact, she can give this book to *whoever wants it*. 事實上，她可以把這本書給任何想要它的人。(介詞 to 的受詞)

6. I will tell *whoever comes late that he／she will be punished*. 我會告訴任何遲到的人說，他／她將受罰。(that he／she will be punished 做直接受詞；whoever comes late 做間接受詞)

7. My understanding is *that she will be here by seven o'clock*. 我的了解是她在七點前會到這兒來。(主詞補語) ❷

以下我們分別舉例說明引導名詞子句的常用從屬連接詞。

(1) *that*

that 是相當常用的引導名詞子句的從屬連接詞。例如：

1. I hope *that you will come tomorrow*. 我希望你明天能來。

2. She thinks *that we are correct*. 她認為我們是對的。

3. My answer to your question is *that I won't baby-*

sit for you. 對你的問題我的答覆是，我不會替你看小孩。

4. He cannot conceal the fact *that he had never even finished high school.* 他無法隱瞞他連中學也沒唸完的事實。

5. *That rice grows in Taiwan* is well known to all. 臺灣產稻米是大家都知道的事。

(A) that 子句作主詞時，除正式體裁外，通常會使用引導主詞 *it* 取代 that 子句的位置，而將 that 子句移至句末。例如：

It is well known to all *that rice grows* in Taiwan. (It 為前導主詞，that 子句為眞正主詞。此外，也有文法書認為 *that* 子句為 *it* 之同位語)

(B) that 引起的名詞子句中，在非正式英語或用法中常可省略 that。例如：

1. He said (*that*) *he would be on time.* 他說他會準時。

2. We thought (*that*) *She had already left for Hong Kong.* 我們以為她早就出發到香港去了。

3. It is a pity (*that*) *she can't help us.* 眞可惜她不能幫我們。

另外，be＋形容詞／分詞＋that 子句的結構中，that 也可以省略。例如：

4. I am glad (*that*) *you like it.* 我很高興你喜歡它。

5. She was pleased (*that*) *he had passed the exam*.
她很高興他考試及格。

但是，例句 4 與 5 之 that 子句有很多文法學家認爲是副詞子句，修飾其前面之形容詞／分詞，表示原因或理由，如例 4 及 5 中 that 子句表示 glad 與 pleased 的原因。❸

(C)　*that* 引導的名詞子句通常不置於介詞後面，但在 *except*「除…之外」，*save*「除…之外」，及 *notwithstanding*「縱使，雖然」後面，可用 *that* 子句。例如：

1. There were no complaints *except that the weather was not good*. 除了天氣不好以外，沒什麼不滿。

2. You have done a good job, *save that you have got a few wrong answers*. 除了答錯幾題以外，你做得很不錯。

3. I hardly know Tom, *notwithstanding that he has been my neighbor for five years*. 雖然 Tom 與我是五年的鄰居，我還是不很認識他。(notwithstanding that 是不正式的用法，正式說法應用 though 或 although)

(D)　*that* 子句最常見的用法是在「間接引述動詞」，(如 say、tell 等)及「表示精神活動的動詞」(如 believe、hope、know、think 等)後面作受詞使用。❹

⑵ *Who、which、when、where、what、why、how、whether (or not)、if*.

這些字所引導的名詞子句通常作動詞的受詞。例如：

1. Tell me *who she is*. 告訴我她是誰。

2. I want to know *when he will arrive*. 我想知道他何時到達。

3. I know *where he lives*. 我知道他住在何處。

4. I don't know *what he really wants*. 我不知道他真的想要些什麼。

5. Tell me *why you did it*. 告訴我你為什麼做這事。

6. Tell me *how he did it*. 告訴我他是怎樣做的。

7. No one knows *which is his*. 沒有人知道哪個是他的。

8. I know nothing about *what he thinks*. 他想些什麼我一點都不知道。

9. I asked her *whether she would come to our party*. 我問她要不要來參加我們的聚會。(也可說 I asked her *whether* she would come to our party *or not.* 或 I asked her *whether or not* she would come to our party.)

10. I wonder *if* (或 *whether*) she is satisfied with the result. 我不知道她是否對這結果感到滿意。

注意：這些子句雖然常用作受詞，但也可作主詞使用。例如：

Whether or not she will help us remains uncertain. 「她會不會幫助我們還是不確定的事」。

(3) *whatever*、*whoever*、*whichever* 等，例如：

1. *Whoever comes late* will be punished. 誰遲到了就
   要受罰。

2. You may chose *whatever you like*. 你可以挑選你
   所喜歡的任何東西。

3. You may chose *whichever you like*. 這兩者中，你
   喜歡哪個，就可以挑選哪個。

4. I want to know *whosever* book you borrowed. 我
   想知道你借的是誰的書。

（有關這類子句的例子，亦可參看 6.6 節）

11.4.2　引導形容詞子句的從屬連接詞

引導形容詞子句的從屬連接詞有 *who*、*whom*、*whose*、*that*、
when、*where*、*why* 等，也就是關係代名詞及關係副詞。

形容詞子句也就是關係子句，其功能與形容詞相同，修飾名詞。
被關係子句所修飾的名詞置於關係代名詞之前，與關係代名詞指稱相
同，稱為關係代名詞的「先行詞」。關於形容詞子句的結構分析，參看
上面 11.2.2 節。以下是一些含形容詞子句的例子。

1. He is a man *who* (*m*) *they respect*. 他是一個他們
   所尊敬的人。

2. She likes the boy *who lives next door*. 她喜歡住
   在隔壁的那個男孩子。

3. Where is the book *which / that he gave me*. 他給
   我的那本書在哪兒？

4. Alice, *whose nephew works for my company*, is an excellent typist. Alice 是一位極好的打字員，她的侄子在我的公司工作。

5. There's no one in our class *but likes Tom*. 我們班上沒有人不喜歡 Tom。

6. The time *when he leaves for the U.S.* is not yet fixed. 他去美國的時間還未定。

7. The place *where the accident occured* is nearby. 發生意外的地方就在附近。

8. The reason *why he did it* is obvious. 他做這事的理由是很明顯的。

關於形容詞子句的詳細情形，參看本冊第六章。

11.4.3 引導副詞子句的從屬連接詞

副詞子句在句子中的功能像副詞，修飾主要子句中的動詞，表示諸如地方、時間、原因、條件、目的等語意。關於副詞子句的結構，參看上面 11.2.2。

(1) 時間副詞子句 (Adverb clause of time)

引導時間副詞子句的從屬連接詞常用的有：*when*、*whenever*、*while*、*after*、*before*、*since*、*as*、*as soon as*、*no sooner...than*、*hardly...when / before*、*scarcely...when / before*、*the moment*、*once*、*till / until*、*as long as / so long as*、*next time* 等。

(A) *when*、*whenever*、*while*、*as*、*since*、*till*／*until*、*before*、*after* 等。例如：

1. I will do it *when I am ready*. 當我準備好的時候，我會做這事。

2. You may stay with us *whenever you come to Taipei.* 你無論什麼時候來台北都可住在我們家。

3. Don't talk *while he is playing the piano*. 不要在他彈鋼琴的時候說話。

4. *As he entered the house*, the telephone rang. 當他進屋裏時，電話響了。

5. I have not seen him *since I came back from Taichung*. 自從我從台中回來以後，都沒見過他。

6. I'll wait *until*／*till he comes*. 我會一直等到他來。

7. He came *after she had left*. 他在她走了以後才來。

8. Please type this letter *before you go home*. 在你回家之前請把這封信打字打好。

(B) *as soon as*、*no sooner...than*、*hardly*／*scarcely...when*／*before*、*the minute*／*the moment*／*immediately*／*directly* 等。

這些連接詞都表示（立刻）（一…就…）之意，描述主句與從屬子句的兩個動詞時間的接近。例如：

1.　He wrote to me
$$\begin{cases} \textit{as soon as} \\ \textit{the minute} \\ \textit{the moment} \\ \textit{the instant} \\ \textit{directly} \\ \textit{immediately} \end{cases} \begin{matrix} \textit{he heard} \\ \textit{the news.} \end{matrix}$$

他一聽到這消息就馬上寫信給我。

2.　He had
$$\begin{cases} \textit{no sooner} \\ \textit{scarcely} \\ \textit{hardly} \end{cases} \text{entered the room}$$

$$\begin{cases} \textit{than} \\ \textit{when／before} \\ \textit{when／before} \end{cases} \textit{the telephone rang.}$$

他一走進房間電話馬上就響了。

注意:　***no sooner***、***scarcely*** 及 ***hardly*** 置於句首時, 主詞與動詞要倒裝。例如: ***No sooner*** had he entered the room than the telephone rang 等。

(C)　***as long as／so long as***、***once***、***next time***、***every time***、***by the time*** 等。例如:

1.　I will help you ***as long as you stay here***.　在你留在此地期間, 我都會幫助你。

2.　I may have saved enough money to buy a house ***by the time I get married***.　到我結婚的時候, 可能已經存到足夠的錢來買房子了。

3. **Once you enter the house**, you will be safe. 你一旦進入房子，你就安全了。

4. He always gives us a call **every time he comes to Taipei.** 他每次到臺北來的時候，都打電話給我們。

5. Give me a call **next time you come to** Taipei. 下次你到臺北來的時候，打個電話給我們。

注意：as long as 也可表示條件，作「只要」解釋。

(2) **地方副詞子句** (Adverb clause of place)

引導地方副詞子句的連接詞有：**where**、**wherever** 等。

1. You can stay **where you are**. 你可以逗留在你現在所在之處。

2. **Where there is a will**, there is a way. 有志者事竟成。

3. Please put the key **where you can find it again**. 請把鑰匙放在你可以再找到它的地方。

4. You can put it **wherever you like**. 你喜歡把它放在哪裏就放哪裏。

5. **Wherever you go** I will go. 你到哪裏我就到哪裏去。

(3) **目的副詞子句**(Adverb clause of purpose)

引導目的副詞子句的從屬連接詞有：**so that**、**in order that**、**lest**、**for fear that** 等。

1. I got up early $\begin{Bmatrix} \textit{so that} \\ \textit{in order that} \end{Bmatrix}$ *I might catch the 6:30 train.* 我一大早起床是爲了要趕上六點半的那班火車。

2. Write it down *lest you（should）forget about it.* 把它寫下來，以免你把它忘了。

3. He followed the rules *for fear that* he *might be punished.* 他遵守規則，以免被罰。

lest 與 *for fear that* 是文學／文言用語表示否定的目的。另外，表示目的的副詞子句中，常用 might, should 等（假設時式）。

(4) **原因或理由副詞子句**(Adverb clause of cause or reason)

引導原因或理由副詞子句的從屬連接詞有：*because*、*since*、*as*、*now that*、*in that*（正式體裁）等。

1. I will help you *because I like you.* 因爲我喜歡你，我會幫助你。

2. *Since she does not have enough money,* she can't buy that new dress. 因爲她的錢不夠，她不能買那件新洋裝。

3. *As he was not at the office*, I asked his secretary to take the message. 因爲他不在辦公室，我請他的秘書把傳言記下來。

4. *Now that you have seen the demonstration*, you should be able to do it on your own. 既然你已經看過示範，你應該能夠自己做了。

5. Your conclusion is not valid *in that it was reached through faulty reasoning*. 你的結論無效，因為它以錯誤的推論而達成的。（正式體裁）

此外，在 be＋形容詞／分詞後面，*that* 也可以引導表示原因／理由的從屬子句。例如：

6. I am sorry *that you don't like it*. 你不喜歡它，我覺得很抱歉。

7. We were delighted *that you passed the exam*. 我們很高興你考試及格了。

(5) **條件副詞子句**(Adverb clause of condition)

引導條件副詞子句的從屬連接詞有：*if*、*in case* (*that*)、*unless* (＝if...not...)、*as long as* (＝if only)、*on condition* (*that*)、*provided／providing* (*that*)、*suppose／supposing* (*that*)、*but that* (＝if...not...) 等。例如：

1. *If she likes it*, she will buy it. 如果她喜歡的話，她會把它買下來。

2. *In case* (*that*) *she is not at home*, we will have to wait for her. 如果她不在家，我們就必須等她。

3. You don't have to be worried *unless you did something wrong*. 除非你做錯了什麼事，你不必擔心。

4. You may use my kitchen *as long as you keep it clean*. 只要你保持清潔，你就可以使用我的厨房。

5. I will forgive you *on condition／provided that*

you do not do it again. 假如你不再做這事，我就原
諒你。

6. *Suppose ／ Supposing* (*that*) *it rains tomorrow,*
shall we stay at home? 假如明天下雨，我們要待在家
嗎?

7. I could not have believed it *but that I saw it*
with my own eyes. 要不是我親眼看見，我不可能相
信這事的。

關於條件子句及假設時式的詳細情形，參看第十二章。

(6) **結果副詞子句** (Adverb clause of result)

引導結果副詞子句的從屬連接詞有：*so...that*, *such...that*。
實際使用的時候，句式應為

so＋形容詞／副詞…＋that…

such＋名詞…＋that…

例如:

1. They fought *so* bravely *that the enemy were*
driven off. 他們作戰那麼英勇，以致把敵人驅逐了。

2. It was *so* cold *that we had to put on heavy*
overcoats. 天氣這麼冷，以致我們必須穿上厚外衣。

3. She was *such* a nice girl *that we all liked her.*
她是那麼好的一個女孩子，以致我們都喜歡她。

注意: 如 *So* ＋形容詞／副詞移至句首時，主詞與動詞要倒裝。例
如: *So bravely did they fight* that the enemy were driven
off.

(7)　**比較副詞子句**(Adverb clause of comparison)

比較副詞子句以連接詞 *than*、*as* 引導。例如：

1. It is harder *than I thought*.　這事比我想像中還要難。

2. He runs faster *than Peter* (*does*).　他跑得比 Peter 快。

3. She is older *than she looks*.　她實際年齡比她的外貌（她看起來）還要老些。

4. I am not so clever *as you think*.　我並沒有你想像中那麼聰明。

關於比較句式，參看第四、五兩章。

(8)　**狀態副詞子句**(Adverb clause of manner)

引導狀態副詞子句的從屬連接詞有 *as*、*as...so*、*as if*、*as though* 等。例如：

1. You may do *as I told you*.　你可以照我吩咐去做。

2. It ended *as I expected*.　這件事正如我所預期一般地結束了。

3. *As she has lived*, *so* she will die.　正如她活着，她將來也會死。（正式體裁）

4. *As a moth is attracted by a light*, *so* he was fascinated by the actress.　正如飛蛾被灯光所吸引一般，他也被那位女演員迷住了。（正式體裁；例 3 與 4 在 as 之前可以加 just，如 Just as a moth..., Just as she

has lived, ...)

as if 與 ***as though*** 後面如果是假想情況，通常會用假設時式。例如：

5.　She treats me $\left\{\begin{array}{l} \textit{as if} \\ \textit{as though} \end{array}\right\}$ I $\left\{\begin{array}{l} \textit{was} \\ \textit{were} \end{array}\right\}$ a

stranger. Actually, we have been good friends for years.　她把我當陌生人看待。事實上，我們是多年的好朋友了。(事實上不可能是陌生人)

但如接近事實的情況時(factual)，as though／if 後面也可用一般時式。例如：

6.　She looks $\left\{\begin{array}{l} \textit{as though} \\ \textit{as if} \end{array}\right\}$ ***she is getting better.***

她看起來好像好了些。(她看來如此，事實上也如此，或至少可能如此)

關於這種時式用法，參看 ***Quirk*** 等人 (1985)，1110 頁。

(9)　讓步／退讓副詞子句 (Adverb clause of concession)

讓步副詞子句表示「雖然」「即使」等語意，引導的從屬連接詞結構通常是 ***though***、***although***、***even if***、***even though***、***while*** 等。其中以 ***though***、***although*** 爲最常用，及最重要。例如：

1.　$\left\{\begin{array}{l} \text{Though} \\ \text{Although} \end{array}\right\}$ I am poor, I am happy.　我雖然窮，但我快樂。

2.　He failed ***although he tried very hard***.　雖然他很努力，他還是失敗了。

3. ***Even if ／ though you don't like him***, you have to see him.　即使你不喜歡他，你也得見他。

4. ***While he has many friends,*** he often feels lonely. 雖然他朋友很多，但他經常覺得孤單／寂寞。

其他表示讓步的子句及其引導的連接詞有：

(A)　正式體裁的 ***whereas***。例如：

Whereas the proposal was supported by all students, the school authority refused to consider it.　雖然所有學生都支持這提案，但學校當局拒絕考慮它。

(B)　***whether***、***whatever*** 等複合詞，以及 ***no matter***＋疑問詞。例如：

1. ***Whether he has enough money or not***, he is getting married.　不管他錢夠不夠，他還是要結婚。

2. ***Whatever you may say***, I won't listen to you.　不管你說些什麼，我都不會聽的。

3. I'll miss you ***wherever you may go***.　無論你到哪裏，我都會想念你。

4. Don't let them come in, ***whoever they are*** (may be).　不管他們是誰，不要讓他們進來。

5. ***However intelligent he is***, I won't hire him.　不管他多聰明，我還是不會雇用他。

6. ***No matter what you say***, I won't listen to you. 不管你說些什麼，我都不會聽的。

7. *No matter where you go*, I'll miss you. 無論你到哪裏，我都會想念你。❺

⑽ **對比副詞子句**(Adverb clause of contrast)

引導對比副詞子句之連接詞爲 *while* 及 *whereas*.例如：

1. Prof. Huang teaches phonetics, *while Prof. Chang teaches syntax*. 黃敎授敎語音學，而張敎授敎句法學。

2. I am learning English, *whereas he is learning French*. 我正在學英文，而他正在學法文。

在英式英語中，whilst 也可用，但比較不普遍。

11.5　連副詞 *therefore*、*however* 等 (Conjuncts：therefore, however, etc.)

英語中有些字像 *therefore*（所以）、*however*（然而）、*consequently*（因此）、*for example*（比方說）等，傳統文法常視爲對等連接詞。但是這些語詞與對等連接詞也不完全一樣。對等連接詞（如 and、or、but 等）只能置於子句首，但這些字可以置於子句首、中、及尾的位置。例如：

1. She said she would come and attend the meeting; *therefore*, we should send her the agenda. 她說她會來參加會議；所以我們應該把議程寄給她。

例句 1 也可以寫成：

1.a. She said she would come and attend the meeting; we should, *therefore*, send her the agenda.

或1.b. She said she would come and attend the meeting; we should send her the agenda, *therefore*. (句末位置比較不常用)

此外，有時候這些語詞所「連接」的，不只是兩個子句，例如：

2. ...Therefore, science and technology are two important elements in the development of a modern nation. …所以，科學與技術是現代國家發展中的兩個重要要素。

句2如置於一個段落末尾，做這段文字的結語時，可以說是「連接」這一句與整個上文所闡述的內容。這一點與一般對等連接詞也不一樣。

因此，有些文法學家把這類語詞看作特別的一類連接語，稱之爲「連副詞」(conjuncts 或 conjunctive adverbs)。事實上，這些語詞也就是在修辭學上所說的「語氣承轉詞」(transitional devices)。以其語意功能來分，語氣承轉詞／連副詞常用的有：

(1) **表示順序、列舉或思考的延續**
例如：first, second, third...
firstly, secondly, thirdly...
first of all
in the first place
on the one hand...on the other hand
next

again

to conclude

finally, lastly, last of all

to begin with, to start with

in the same way, by the same token

in this manner

furthermore, moreover

in addition, what is more

等

(2)　**表示結果**

例如：as a result　　　　accordingly

consequently　　　hence（正式）

thus（正式）　　　therefore

so（非正式）

等

(3)　**表示舉例**

例如：for example　　　　for instance

in fact　　　　　　namely

in particular　　　particularly

especially　　　　in other words

等

(4)　**表示時間關係**

例如：after a long／short time　now

at the same time　　　meanwhile

afterward　　　　　　at once

for a while　　　　　thereafter

等

(5)　**表示總結／綜合**

例如：altogether　　　　overall

therefore　　　　　(all) in all

in conclusion　　　to sum up

in sum　　　　　　to summarize

等

(6)　**表示推論**

例如：then　　　　　　otherwise

in other words　　in that case

(7)　**表示對比或相反的語意**

例如：rather　　　　　　　　alternatively

more accurately　　　on the other hand

on the contrary　　　after all

however　　　　　　　nevertheless

in contrast　　　　　in comparison

by way of comparison　instead

等

⑻　**表示讓步、雖然或事實的承認**

例如：anyhow　　　　　　anyway

besides　　　　　　notwithstanding

等

關於這些連副詞，我們主要以上面列舉的方式引介，並不擬多舉例子，初學者只需認識有這一類語詞，其主要功能是在修辭上承轉句子與句子之間的文意及語氣，使之順暢。在文法上，其功能介於對等連接詞與副詞之間。有此初步認識即可，進一步的學習及運用，是英文作文與修辭的範圍了。

11.6　再說句子結構(Sentence Structure Revisited)

先前我們對句子結構的分析，只在於簡單句(simple sentence)，亦即只含有一個述語動詞的句子。在本章之討論以後，我們知道經過連接詞的連接以後，可產生含兩個或數個子句的較長句子。以這種句法形式的標準來分，句子可以有以下四種：

⑴　簡單句(simple sentence)含一個獨立子句

例如：John is a student.

He saw her yesterday.

⑵　併合句(compound sentence)含兩個或多個對等子句

例如：I like your reasoning but Tom likes your conclu-sion.

⑶　複合句(complex sentence)含一個主要子句與一個或多個從

屬子句

例如： He said that he saw me.

He said that he saw me when he was eating his lunch.

⑷ 併複混合句(compound-complex sentence)同時含有複合句與併合句的結構的句子

例如： He said that he saw Tom when he was eating his lunch but actually the person he saw was Peter.

對等連接詞連接 He said...lunch 與 actually the person... Peter 兩個對等子句, 而 He said...lunch 這對等子句中, 又含有名詞子句（從屬子句）that he...Tom 及副詞子句 when...lunch。

《做練習下冊, 習題 14》

---

❶ Quirk 等人 (1985) 認爲這種句子似乎可以接受。類似的句子如 They were tired, so left early 亦然。（參看 Quirk 等, 1985, 第 924 頁）。

❷ 名詞子句也可作受詞補語。例如： His father has made him *what he is today.*(他今日的成就是他父親所造就的)。what 子句是受詞 him 的補語。

❸ 因爲在 She was pleased at *his having passed the exam.* 一句中, his having passed the exaim（介詞 at 的受詞）語意上與 that he had passed the exam 相同, 所以有些文法書把這種 that 子句看作名詞子句。但這種論據此較牽強, 因此, 我們也認爲, 類似例句 4 及 5 中之 that 子句, 應視爲表示原因／理由之副詞子句, 比較合理。

❹ 常用的「間接引述動詞」有:

admit 承認	agree 同意	announce 宣布
argue 辯論／駁	assure 保證	boast 誇口

claim 主張	complain 抱怨	confess 承認
convince 使相信	declare 宣布	deny 否認
disagree 不同意	explain 解釋	inform 通知
insist 堅持	notify 通知	persuade 說服
predict 預測	promise 答應	report 報告
say 說	state 聲明／陳述	tell 告訴
threaten 恐嚇	warn 警告	

等

常用的「表示精神活動」的動詞有：

assume 假設	believe 相信	conclude 下結語
consider 考慮	discover 發現	doubt 懷疑
dream 夢想	expect 期望	feel 覺得
find out 發現	forget 忘記	guess 猜想
hear 聽說	hope 希望	know 知道
mean 有…意見	mind 介意	notice 注意
pretend 假裝	prove 證明	realize 知道, 體會
recall 記得	regret 覺遺憾, 後悔	remember 記得
show 表明, 證明	wish 希望	think 認為
understand 明白, 了解	suppose 假定, 想, 認為	

等

❺ No matter 也可以用於 whether(or not)之前。例如 No matter whether or not he finds a job, he is getting married.不管是否找到工作，他都要結婚，(關於這例句之細節，參看 Quirk 等人(1985)，第 1110 頁)。另外，No matter 與 It doesn't matter 可以通用，後者語氣較強。例如：It doesn't matter what you say, I won't listen to you.

第十二章

條件句與假設句
(The Conditional and The Subjunctive)

12.1 假設時式

　　英語中有些句子需要使用與一般時式不同的假設時式(imagina-tive tenses, unreal tenses，或 hypothetical tenses)。使用假設時式的句子主要是：一些條件句(conditionals)，以及其他一些含 wish、as if、as though、suggest 等語詞的假設句(subjunctives)。其實，這種一分爲二的做法，理論上並不一定非如此不可。但是因爲在句法形式上，條件句因含有 if 子句，在結構上的特徵明顯，時式上主、從兩子句之間又有配合的要求，把它與其他假設句分開處理，在教與學二方面都有好處。

　　假設時式在形式上大致分爲三類：

(1) 「原式」，如 **be**、**go**，等：通常用於「套語」(如 God **bless** you!)及「強制子句」(亦即含 suggest、insist 等語詞後面的 that 子句；如 I insist that he **be** on time.)。

(2) 「簡單過去式」，如 were、went、did 等：表示與現在或將來

有關之假設／條件（如 If they *were* here, I would be glad.）。

(3) 「過去完成式」，如 had been、had done 等：表示與過去有關的假設／條件（如 If I *had been* there, I would have helped them; I wish I *had heen* there.）。

以這種理解爲基礎，我們在下面兩節中(12.2 與 12.3)，分別討論「條件句」以及條件句以外其他的「假設句」。

12.2　條件句

條件句可分爲以下三類:

12.2.1　第 1 類條件句

第 1 類條件句中 if 子句語意上是中立的，亦即說這條件能實現與否說話者並沒有特別的想法，這條件可能實現，也可能不實現，因此也稱爲「開放條件子句」(open conditional clause)。時式使用通常如下:

If 子句	主要子句
現在式	現在式／將來式（will）
	（或 can, may 等＋V）

例如:

1.　If she *takes* a taxi, she *will get* there in time.　如果她坐計程車，她就會及時趕到那兒。

2.　If you *heat* water it *boils* (or *will boil*) at 100°C.

如果你把水加熱，在 100°C時會沸騰。

3. If he *is* in Taipei, he *is* certainly *staying* at the Hilton.　如果他在臺北，他一定是住在希爾頓飯店。

4. If you *touch* me again, I'*ll scream*.　如果你再碰我，我就會大叫。

主要子句也可以用其他情態助動詞，如 *can*、*may*、*must*、*should* 等。例如：

5. If the weather *gets* worse, the plane *may be delayed*.　如果天氣變壞，飛機可能會誤點。

6. *If you finish* your work, you *can go* home.　如果你做完工作，你可以回家。

7. If you *want* to pass the exam, you *should work* harder.　如果你想考試及格，就應該更用功。

注意：(a)　if 如果當作 as／since（既然）使用時，嚴格說起來可以說不是條件句，其主要的時式可以不受上述限制。

例如：A: I hate seeing Tom. B: If you *don't like* Tom, why *did* you *invite* him?　A：我很討厭見到 Tom。B：既然你不喜歡 Tom，你為什麼又邀請了他呢？

(b)　在十分正式的體裁中（如法令、規程條文等）開放條件子句中也可用原式表示。例如：

If any person *be* found guilty, he／she *shall have* the right of appeal.　任何人被判有罪，她／他都有上訴的權利。

12.2.2　第 2 類條件句

(1)　第 2 類條件句時式的使用如下：

If 子句	主要子句
過去式	would＋V
	(或 might, could 等＋V)

(2)　第 2 類條件子句指的是現在或將來，通常表示下面的語意：

(A)　if 子句的假設與事實相反或不可能。例如：

1.　I don't have enough money right now.　If I **had** enough money, I **would buy** a car.　我現在沒有足夠的錢。如果我有足夠的錢，我就會買一部汽車。(現在、與事實相反)

2.　If I **were** you, I **would listen** to him.　如果我是你的話，我就會聽他的。(現在, 不可能；因為我不可能是你。)

(B)　說話者並不希望 if 子句的動作發生，或預期這種動作不會發生。例如：

1.　If he **worked** harder next time, he **would pass** the exam.　如果下一次更用功一些，他就會考試及格了。(將來，但說話者預期他不會更用功)

2.　If he **helped** her, she **would be** grateful to him.　如果他幫助她，她會感激他。

句 2 可能指「現在，與事實相反」(亦即說話者知道他沒有幫助她)，也可指「將來，說話者預期 if 子句的動作不會發生」(亦即說話者預期「他不會或並不打算幫助她」)。當然，在實際溝通／會話情況中，上下文會幫助我們決定這句話指的是現在或將來。如果要清楚的表示所指是將來，可以用 were＋不定詞。例如：

3. If he *were to help* her, she would be grateful to him.

例 3 在口語或比較不正式用法中也可說 If he *was to help* her,....。另外，「將來」語意也可用 should＋V 來表示，如 If he *should help* her, she *would be*....。

(3) 第 2 類條件句的主要子句也可用 would 以外的情態助動詞。例如：

1. If she *tried* harder, she *might* succeed. 如果她更努力，她可能會成功。

2. If they *knew* her phone number, they *could call* her up. 如果他們知道她的電話號碼，就可以打電話給她。

(4) 如 if 當 "as／since" (既然) 的語意使用時，if 子句的過去式含有過去的語意，而主要子句的時式也不受上述(1)之限制。例如：

A： He said the food tasted awful. 他說這東西味道很難吃。

B：If he **didn't like** the food, why **did** he **eat** it? 既

然他不喜歡這東西，爲什麼他還要吃呢？

12.2.3　第 3 類條件句

第三類條件句中，if 子句指的是過去，其時式配合如下：

條件子句	主要子句
過去完成式	would＋have＋過去分詞
	（或 could、should、might＋
	have＋過去分詞）

第三類條件句表示主要子句的動作沒有實現或做成，因爲條件子

句中的動作沒有發生或沒有做。是所謂與過去事實相反的假設。例如：

1. If he **had helped** her, she **would have been** grate-
    ful to him.　如果（當時）他幫助過她，她會感激他。（事
    實上他沒幫她，而她也不感激他）

2. If they **had invited** me to the meeting, I **would
    have attended**.　如果他們（當時）邀請我參加會議，我
    會出席的。（事實上他們沒有請我，我也沒有出席這會議）

3. If they **had asked** me, I **might have given** them
    some hints.　如果他們問過我，我可能會給他們一些提
    示。（事實上他們沒問，我也沒給）

4. If we **had come** earlier, we **could have done**
    something for you.　如果我們早點來，我們就可以替你
    做點事了。（但我們來晚了，也沒有替你做什麼）

12.2.4　if 子句中主詞與動詞的倒裝

條件句中如 if 子句含 *were*、*should* 或 *had* ＋過去分詞, 其主詞與動詞可以倒裝。例如:

1. If *I were* in the same class with you, I would help you with your homework.　如果我與你同在一班的話, 我可以幫助你做功課。→

   Were I in the same class with you, I would help you with your homework.

2. If *you should* need anything, please let me know. 如果你需要任何東西, 請告訴我。→

   Should you need anything, please let me know.

3. If *I had not seen* it with my own eyes, I would not have believed it.　如果我不是親眼看見的話, 我不會相信的。

   Had I not seen it with my own eyes, I would not have believed it.

12.2.5　*could ／ would ／ should ／ might* 等＋*have*＋ 過去分詞

could ／ would ／ should ／ might 等＋*have*＋過去分詞用於第 3 類條件子句的主要子句中, 表示過去並沒有實現的動作。事實上, 這些動詞形式在不是條件句的結構中, 也具有這種含意。例如:

1. (I failed in the exam. I thought I had tried my best. But actually I didn't.) I *could have tried* harder. （我考試不及格，我認爲我已盡力，但事實上我沒盡力。）我本來可以更用功些。

2. She asked for my help but I turned her down. I *should have helped* her. 她請求我幫她忙，但是我拒絕她的要求。我本來應該幫她忙的。

3. You were very lucky. You *might have been killed* in that accident. 你眞幸運，你本來可能在意外事件中喪生的。（但你沒有死）

12.3 假設句

表示「假設」語意的句子，除了條件句以外，還有一些其他的句式。我們把這些其他的句式通稱爲「假設句」，在以下各節分別討論。這些句中的時式，使用假設時式（見上面 12.1）。

12.3.1 某些定型的套語(Some Formulaic Expressions)

這些定型的用語或說法，常常表示某種願望、祈許等語意，時式用原式。例如：

1. God *bless* you! 天主／上帝保佑你!

2. God *save* the queen! 天佑女皇!

3. *Suffice* it to say that we passed. 我只想說，我們通

過了。（只這麼說就夠了）

4.　***Be*** that as it may, we will have to follow these rules.　無論如何，我們將來得遵守這些規則了。

5.　Heaven ***forbid*** that he should come back empty-handed.　但願他不會空手而回。（無功而返）

6.　***Come*** what may, I will go ahead with my plan. 不管發生什麼事我都會照計畫行事。

這種假設的語意也可經由 ***may*** 或 ***let*** 來表示。例如May　God bless you; Let it suffice...。一般說來，套語的說法比較正式，有時候也顯得在體裁上舊式及過時。

12.3.2　*as if* 與 *as though*

as if ／ ***as though*** 如引導狀態副詞子句，比較的內容是事實的情況時，可以不必用假設時式, 如 She looks ***as if*** ／ ***as though she is getting*** better（參看 11.4.3 (8)）。

如 ***as if*** ／ ***as though*** 後面是假設情況時，通常用假設時式。而其子句通常蘊含「否定的推測／推斷」。例如:

1.　She ***acts*** as if she ***knew*** you.　她表現得好像認識你的樣子。（暗示：她並不認識你）

2.　The boy ***acted as if*** ／ ***as though*** he ***had done something wrong***.　那個男孩表現得好像做錯了什麼事似的。（暗示：他並沒有做錯事）

注意:　***as if*** ／ ***as though*** 後面也可以接不是子句的結構（如不定詞片語）。例如:

He bent down *as if* to pick up something from the floor. 他彎下身子，好像要從地板上撿東西的樣子。

或 He bent down *as if* picking up something from the floor. 他彎下身子，好像正在從地板上撿東西的樣子。

12.3.3 *order、insist、suggestion、important* 等

英語中有些名詞、動詞、或形容詞後面接 that 子句，表示某種「強制」的語意（如必需…、堅持…、命令…等）。這些 that 子句常用假設時式中的「原式」動詞。例如：

1. I *insist* that she *come* on time. 我堅持她準時來。

2. It is *important* that she *be* on time. 重要的是她準時來。

3. She didn't like our *suggestion* that she *come* ear-lier. 她不喜歡我們的建議，要她提早來。

(1) 這類動詞常用者有：*ask*（要求），*decide*（決定）、*demand*（要求）、*insist*（堅持）、*move*（提議）、*order*（命令）、*propose*（建議）、*prefer*（寧要，比較喜歡）、*recommend*（建議）、*request*（請求）、*suggest*（建議）等。例如：

1. The general manager *proposed* that Tom *he promoted*. 總經理建議讓 Tom 升職。

2. I *demanded* that we *reconsider* her application. 我要求我們重新考慮她的申請。

3. I *prefered* that nothing *be said* about our policy.

我寧願我們的決策不被人談到。

4. They *recommended* that a new primary school *be set up* here. 他們建議要在此地建立一所新的小學。

5. The manager *insists* that Peter *resign*. 經理堅持要 Peter 辭職。

(2) 這類形容詞常用者有: *advisable*（合理的，明智的）、*desirable*（值得做／要的）、*essential*（必須的，重要的）、*imperative*（必要的）、*important*（重要的）、*necessary*（必須的）、*urgent*（緊急的）、*vital*（非常重要的）等。例如:

1. It is *essential* that he *reconsider* his resignation. 他重新考慮他的辭呈是必須的。

2. It is *advisable* that she *start* early in the morning. 她清早出發是明智的。

3. It is *vital* that he *make* no comment on this. 非常重要的是他對此事不發表評論。

(3) 這類名詞常用者有: *decision*（決定）、*decree*（命令、布告）、*demand*（要求）、*order*（命令）、*insistence*（堅持）、*requirement*（要求）、*resolution*（決議）、*proposal*（建議）、*recommendation*（建議）、*motion*（提議）、*suggestion*（提議）等。例如:

1. We all like the *recommendation* that tax *be* abolished. 我們都喜歡廢除賦稅的建議。

2. He rejected our *demand* that he *resign* immediate-

ly.　　他拒絕我們要他馬上辭職的要求。

(4)　否定式與其他表達方式

(A)　「強制 that 子句」的否定式是 that＋主詞＋not＋原式。例如：

1.　He insisted that he *not eat* meat.　他堅持不吃肉。

2.　They recommended that we *not go* out at night.
他建議我們晚上不要出去。

(B)　以上所有的例句的 that 子句中都可用 should＋原式取代原式動詞。例如：

1.　We all like the recommendation that tax *should be abolished*.

2.　It is essential that he *should reconsider* his resignation.

3.　I insist that she *should come* on time.

4.　They recommended that we *should not go* out at night.

5.　He insisted that he *should not eat* meat.

一般說來，原式與 should＋原式都常用。美式英語比較喜歡用原式，英式英語比較喜歡用 should。

12.3.4　*wish*

主要子句的動詞如爲 *wish*, 可接 *that* 子句作受詞, *that* 子句中用假設時式。例如:

1. I wish she *were* here.　但願她在這兒。(與現在事實相反; 她現在不在這兒。)

非正式用法也可以說 I wish she *was* here.

2. They wish they *didn't come*.　他們希望他們沒有來。(與現在事實相反)

3. They wish they *had joined* the club.　他們希望參加了這個俱樂部。(但事實上,「當時」他們沒有參加; 與過去事實相反。)

4. I told him that I wished I *had invited* her to the party.　我告訴他說我眞希望我邀請了她參加聚會。(但事實上「當時」我沒有; 與過去事實相反。)

12.3.5　*lest*

在正式用語中, lest 後面接「原式」假設時式。例如:

I must reject your proposal, lest it *cause* us trouble.

我必須拒絕你的提議以免它爲我們惹麻煩。

lest 這種用法在英式英語中只限於非常正式的用法, 但在現代美式英語中, 比較普遍, 並不僅限於正式用法。

12.3.6　*It is time* + *that* 子句

在 *It is*(*It's*) *time* 後面的 *that* 子句，常用假設時式。例如：

1.　It's time we *left*.　我們該走了。

2.　It's high time you *were* in bed.　你早該上床了。

這二例句中之 left 與 were 表示現在或將來的時間。

12.3.7　*but for* 與 *but that*

but for 與 *but that* 在語意上可以等於否定的 *if* 子句（*if...not*），因此，與其配合的主要子句的動詞形式，與第 2 及 3 類 if 子句相似。例如：

1.　But for his help, I *would not have done* it.　要不是他幫了我，我本來是做不成這事的。（＝If he *had not helped* me, I *would not have done* it.

2.　But for his objection, the proposal *would be accepted*.　要是他不反對，這提議就會被接受。（＝If he *did dot object*, the proposal *would be accepated*.)

3.　But that he *helped* me, I *would not have succeeded*.　要不是他幫了我，我本來是不會成功的。（＝If he *had not helped* me, I *would not have succeeded*.)

12.3.8　其他的假設句

其他假設句還有：

1.　*If only* I *had listened* to my teacher!　但願我聽了我老師的話。

2. *If only* he *didn't smoke*!　但願他不抽烟。

3. *If only* she *were* here tonight!　但願她今晚在此。

4. *Suppose* your child *didn't tell you the truth*.　假定你的孩子不把真相告訴你。

5. *Suppose* he were right.　假如他是對的。

6. *Imagine* your daughter *played* truant.　試想你的女兒逃學。

7. *I'd rather* you *left* now.　我寧願你現在走。

《做練習下冊，習題 15》

第十三章

基本溝通功能的表達
(Expressing Basic
Communicative Functions)

13.1　溝通功能與文法結構

我們都知道，使用語言的目的主要在溝通(communicate)。基本的溝通功能(communicative functions)有：陳述、詢問、否定、命令(祈使)、強調、請求、勸告、建議、感嘆等。我們平日說話或寫作，大多以達成這些功能為主要目的。當然，我們也知道，表達溝通功能，有時候卻不一定非透過語言不可，例如「搖頭」的動作也可以表示「不」（否定）的意思。然而，絕大多數時候，語言是溝通的主要方式。因此，在英語中，我們也有各種文法結構，表示上述的基本溝通功能，如陳述句、否定句、命令（祈使）句、問句等等。我們在這一章中，分別討論表達基本溝通功能的各種句式。

13.2 陳述句、問句與否定句(Statements, Questions, and Negative Sentence)

(1) 陳述事情的句子是「陳述句」(statements)。例如:

1. John is a student.　John 是學生。

2. They came here yesterday.　他們昨天來到此地。

　　陳述句是我們日常最常用的句式之一，本書中的例句，絕大部分是陳述句。

(2) 表示「詢問」的句子為「問句」(questions)。例如:

1. Is she your mother?　她是你母親嗎?

2. Will you come tomorrow?　你明天會來嗎?

3. What can he do?　他能做甚麼?

　　關於「問句」的詳細情形，參看本書上冊，第十一章。

(3) 表示「否定」的句子為「否定句」(negative sentences)。例如:

1. She is not your student.　她不是你的學生。

2. I will not do it.　我不會做這事。

3. He doesn't know my name.　他不知道我的名字。

4. She never comes here on Sunday.　星期天她從來都不會到這兒來。

　　關於「否定句」的詳細情形，參看本書上冊，第十二章。

13.3　命令句／祈使句 (Commands／Imperatives)

常用的表示命令的句式是命令句／祈使句。其主要形式如下：

(1)　主詞為第二人稱。動詞用原式，否定式用 Don't＋動詞原形，you 通常不必說出來。這是最主要的祈使句形式。例如：

1.　***Come*** here.（＝You come here.）　到這兒來。
2.　***Stop***!（＝You stop!）　停下來。
3.　***Be*** careful.（＝You must be careful.）　小心點。
4.　***Don't stop***!（＝You don't stop!）　別停下來。

注意：(a)　you 通常不用，因為（＝You　stop!　You　come here.）等說法比較不禮貌。但是作對比或區分時則例外。例如：You go there; I'll stay here.你到那邊去；我留在這兒。

(b)　對話者的名字也可說出來。例如：Come here, ***Tom***. 「Tom 你到這兒來」。

(2)　主詞為第一及第三人稱時，祈使句的形式為：Let＋me／us／him／her／them／the boy 等＋動詞原式。例如：

1.　***Let me go***.　讓我走。
2.　***Let us help*** you.　讓我們幫你吧。
3.　***Let those people say*** whatever they want to say. 讓那些人暢所欲言吧。

　　4.　*Let them go* by taxi.　讓他們坐計程車去。

否定式在 let 前面加 *don't,* 或在動詞原式前加 *not*。例如：

　　5.　*Don't let them go* by taxi.　別讓他們坐計程車去。

　　6.　*Let us not comment* on this.　讓我們不要評論這事。

Let us 可說成 *Let's,* 如 *Let's go. Let's* help you。

(3)　在祈使句前加 *Do,* 可強調其語氣, 成爲強調式祈使句。例如：

　　1.　*Do* be careful!　（千萬要／眞的要）小心點。

　　2.　*Do* hurry.　（千萬要／眞的要）趕快。

(4)　第三人稱當主詞的祈使句, 在現在英語中, 常用 be＋不定詞或 must 來表達。例如：

　　1.　Let them go by taxi.

　　2.　They are to go by taxi.

　　3.　They must go by taxi.

be＋不定詞含有「指示」／「命令」之意。例如：

　　4.　You are to report for duty. 你必須去報到。

13.4　強調句 (Emphatic Sentences)

強調句意主要有兩種方式：

(1)　句子含有助動詞時（包括主要助動詞及情態助動詞）, 把句重音唸在助動詞上, 可強調整句句意。例如：

　　1.　She *is* here.　她是在這兒。

2. They **áre** corrcet.　他們**是**對的。

3. I **háve** done my homework.　我**已經**做完功課了。

4. You **múst** be joking.　你**一定是**在開玩笑。

5. He **cán** do it.　這件事他**做得到**的。

(2)　句子動詞是不含助動詞的普通動詞組時，在動詞前面按照原來時式以及主詞的人稱與數而加上不同形式的 **do**。重音唸在 **do** 上面，以強調句意。例如：

1. I **dó believe** that man.　我**真的**相信那個人。

2. They **díd give** me one hundred dollars.　他們**真的**給過我一百塊錢。

3. Tom **dóes have** three sisters and four brothers. Tom **真的**有三個姊妹四個兄弟。

4. He **díd** go to the supermarket last night.　昨晚他**的確**去過超級市場。

13.5　請求句 (Sentences Expressing Requests)

常用的請求句式有：

$$
(1)\quad \left\{ \begin{array}{l} \text{can} \\ \text{could} \\ \text{may} \\ \text{might} \end{array} \right\} + \left\{ \begin{array}{l} \text{I} \\ \text{we} \end{array} \right\} + \text{V}
$$

例如：

1. *Can* I have a cup of coffee? 我可以要杯咖啡嗎?

2. *Could* we come tomorrow? 我們明天可以來嗎?

3. *May* I speak to him? 我可以跟他說話嗎?

4. *Might* I have a copy of your proposal? 我可以要一份你的建議書嗎?

　　can 最不正式，*could* 最普遍，*may* 與 *might* 最正式。以上這些句子，形式上都是問句，但是說話者眞正的用意並不在於得到聽者的答覆，而在於請求去做動詞組所表達之事，例如「喝咖啡」，「跟他說話」等。

(2) $\left\{\begin{array}{l}\text{could}\\\text{will}\\\text{would}\\\text{等}\end{array}\right\}$ ＋you＋動詞

例如:

1. *Could* you (please) open the window? 請你打開窗子，可以嗎?

2. *Would* you pass me the salt,(please)? 可以請你把鹽拿過來嗎?

3. *Will* you (please) sit down? 請你坐下來，好嗎!

　　could you 與 would you 意思差不多。但 will you 語氣比較不禮貌，因爲 will you 蘊含比較權威的語氣。

　　上面這些請求句，形式是問句，但說話者眞正用意是請求聽者做動詞組所表達的動作。因此，如果聽者同意但卻又只用口頭回答而不做這事時，就變得很奇怪了。例如，如果 Tom 對 Peter 說 "Could you open the window?" 而 Peter 說 Yes.或 Sure.之後卻不去開

窗子，Tom 就會覺得很奇怪。請求句與問句不同，單純的問句可以用口頭回答就夠，（如問：Are you a student? 答：Yes, I am.）不必有行動，但對請求句而言，聽者若同意，則正常的反應是做出請求的動作。

其他常用的請求句形式有：*would you mind*＋V-ing...? *would you like to*...? *would you be kind*（或 good）*enough* to...? *Do you think you could*...? 等。例如：

4. *Would you mind opening* the door?　請你開門好嗎？

5. *Would you be kind enough to open* the door?　請你開門好嗎？

6. *Would you like to have* a cup of tea?　請喝杯茶。

7. *Do you think you could help* me with my homework?　可否請你協助我做功課？

13.6　勸告句（Sentences Expressing Advice）

常用的表示勸告的用語有 *must*、*should*、*ought to*、*had better*、*why don't you*...?、*if I were you I would* 或 *should*、*it's time you*＋過去式　等。例如：

1. You *must* try this soup. It tastes marvellous.　你得嚐嚐這種湯。味道好極了。

2. You *should* go there right now.　你現在應該到那邊去。

3. You *ought to* keep her company. 你應該陪著她。

4. You *had better* leave at once. 你最好馬上走。

5. *Why don't you* come tomorrow? 你還是明天來吧。
   (why don't you 也可作表示建議: 你爲何不明天才來?)

6. *If I were you, I would* come tomorrow. 如果我是你的話, 我就明天來。

7. *It is time you bought* a new car. 你應該買部新車了。

13.7 建議句(Sentences Expressing Suggestions)

常用的表示建議用語有 *let's*、*shall we*、*why don't you／we*、*why not*＋原式或表示地方用語、*what／how about*＋*V-ing* 或名詞、*suggest*、*propose* 等。例如:

1. *Let's* do it ourselves. 讓我們自己來做。

2. *Shall* we invite our teacher? 我們邀請我們的老師吧。

Let's 句後也可接 Shall we, 例如:

3. *Let's* do it our selves, *shall we?* 我們自己來做, 好嗎!

Let's not 可引導否定的建議: 例如: *Let's not* do it our-selves.「讓我們不要自己動手。」

4. *Why don't you* tell me your name? 你何不告訴我你的名字?

5. ***Why not*** give her a present?　爲何不給她送份禮物？

6. ***Why not*** at your place?　爲何不在你家？

7. ***What about*** eating out tonight?　今晚到外面去吃飯如何？

8. ***How about*** a hotdog?　來客熱狗如何？

當然，含 ***suggest*** 或 ***propose*** 兩詞的句子是最直接的建議句，***propose*** 比 ***suggest*** 更正式些。***suggest*** 與 ***propose*** 後面都可接 that 子句，都是正式的用法。***suggest*** 後面也可接動名詞，比較不正式。

9. I ***suggest*** (his／your 等) ***selling*** the house.　我建議（他／你　等）把房子賣了。

10. I ***suggest*** that ***he*** (***should***) ***sell*** the house.　（正式）

11. I ***propose*** that he (***should***) ***be*** promoted.　我建議把他升職。（正式）

13.8　感嘆句 (Exclamatory Sentence)

表示諸如驚嘆、痛苦、願望、高興等感情的句子稱爲「感嘆句」，其後多加感嘆號（!），感嘆句形式通常有兩種：

⑴　What＋（形容詞）＋名詞＋主詞＋動詞！

1. ***What a clever boy*** he is!　他眞是聰明的孩子啊！（相對的陳述句是 He is a clever boy.）

2. ***What a beautiful day*** it is!　今天天氣可是眞好啊！（比較：It is a beautiful day.）

3. *What nonsense* she talked! 她說的可真是廢話！（比較：She talked nonsense.）

(2) How＋形容詞／副詞＋主詞＋動詞！

1. *How intelligent* she is! 她好聰明啊！（相對的陳述句是：She is intelligent.）

2. *How fast* she runs! 她跑得好快啊！（比較：She runs fast.）

3. *How efficiently* he did the job! 這件事他做得多麼有效率啊！（比較：He did the job efficiently.）

另外，一些感嘆詞也可以表示上述的感情。常用者有：Hurrah!（好哇！）、Hurrey!（好哇！）、Well done!（好！做得好！）、Alas!（哀哉！）、Oh!（啊！）Good heaven!（天啊！）、My goodness!（我的天啊！）、Thank goodness!（謝天謝地！）、Ouch!（啊唷！）、Dear me!（啊呀！）、My god!（老天啊！）等。

《做練習上冊，習題 16》

第十四章

直接引述與間接引述
(Direct and Indirect Speech)

14.1　直接引述與間接引述

　　敍述某人所說過的話有兩種方式。其一是把說話者的話一字不變地完全重述，這種方式稱爲「直接引述」(direct speech，或稱爲直接句式)；另一種方式爲依照說話者原意把話重述，但原句的用詞則不必完全重複，這種方式稱爲「間接引述」(indirect speech，可稱爲間接句式)。有些文法書把間接句式稱爲「報導句式」(reported speech)。直接引述及間接引述的例子如：

1. He said, "I have done my homework."　他說：「我已經做好功課了。」(直接引述)

2. He said (that) he had done his homework.　他說他已經做好功課了。(間接引述)

3. He asked me, "Do you like bananas?"　他問我說：「你喜歡香蕉嗎?」(直接引述)

4. He asked me if (whether) I liked bananas.　他問我是否喜歡香蕉。(間接引述)

從以上例句，我們可以看出，直接引述變成間接引述時，有些語詞要改變，而間接引述時，主要子句的動詞稱為「報導動詞」(reporting verbs)。常用的報導動詞有 *say*、*tell* + *NP* + *to*、*explain*、*complain*、*ask*、*point out*、*refuse*、*promise*、*narn*、*shout*、*whisper* 等。

直接引述是將原句一字不改完全重複，並以「引號」(quation marks "…")標示出示。不牽涉用詞的變化。我們在以下各節中，分別討論間接引述陳述句、問句、感嘆句等應注意的事項。

14.2 間接（引述）陳述句

直接引述句子為陳述句時，改為間接引述有以下各點注意事項:

(1) 如引述／報導的動詞為現在式, that 子句中之時式不變。例如:

1. He says, "I am a student". 他說:「我是一個學生。」
   He *says* that he *is* a student.

2. She says, "I am waiting for the bus." 她說她在等公共汽車。
   She *says* she *is waiting* for the bus.

(2) that 可以省畧。但如引述兩個對等子句時，第二個 that 不省畧。例如:

1. He *says* he is tired. (He says, "I am tired.") 他說他累了。

2. He *says* he is tired and *that* he is trying to get a

taxi. (He says, "I am tired and I am going to get a taxi.") 他說他累了因而想叫一部計程車。

(3) 如引述／報導動詞為過去式,間接引述之時式依下列原則改變:

直接引述	間接引述
簡單現在式 do	簡單過去式 did
現在進行式 is doing	過去進行式 was doing
現在完成式 has done	過去完成式 had done
現在完成進行式 has been doing	過去完成進行式 had been doing
簡單過去式 did	過去完成式 had done／
情態助動詞 can／ may／shall／will 等	could／might／ should／would 等

例如:

1. He said, "I never *eat* potato chips." 他說:「我從來不吃炸馬鈴薯片。」 →

   He *said* that he never *ate* potato chips. 他說他從來不吃炸馬鈴薯片。

2. "I *am* waiting for the bus," she said. 她說:「我正在等公共汽車。」 →

   She *said* she *was waiting* for the bus. 她說她正在等公共汽車。

3. "I *have found* the keys," she said. 她說:「我已經找到鑰匙了。」 →

   She *said* she *had found* the keys. 她說她已經找到

鑰匙了。

4. He said,"It ***took*** me two hours to get here." 他說:「我花了兩個小時才來到這兒。」→

   He ***said*** that it ***had taken*** him two hours to get there. 他說他花了兩小時才到那兒。

5. He said, "I can do it" 他說:「我能做這事。」→

   He said he ***could*** do it. 他說他能做這事。

(4) 如報導動詞爲過去式,在下列情形下,間接引述的時式可以不變。

(A) 如不會引起動作相對的先後時間的混淆時,過去式可以不必變成過去完成式。例如:

1. She said,"Tom ***arrived*** on Monday." 她說:「Tom 星期一到達了。」→

   She ***said*** that Tom ***arrived*** on Monday. 她說 Tom 星期一到達了。(也可說…Tom had arrived on Monday.)

但如會引起語意不清時,就要變。例如 He said,"I ***was*** in love with Jane."變爲間接引述時必須改爲 He said that he ***had been*** in love with Jane, 因爲原句用 ***was***, 暗示他現在已不愛 Jane。如改成 He said he ***was*** in love with Jane 時, 這種含義就不見得存在了, 因爲如此, 原句可能是 He said,"I ***am*** in love with Jane.", 這樣, 他現在還是愛 Jane 的。

另外, 歷史事實之引述, 時式不變。例如:

2. He said,"Confucius died in 479 B.C:" 他說：「孔子死於公元前 479 年。」→

He said that Confucius *died* in 479 B.C. 他說孔子死於公元前 479 年。

(B) 過去式及過去進行式用於時間子句中，通常不變。例如：

1. He *said*,"When I *was living/lived* in Taipei, I often went to the zoo." 他說:「當我住在台北的時候，我常去動物園。」→

He *said* that when he *was living/lived* in Taipei he often went to the zoo. 他說當他住在台北時他常去動物園。

但主要子句的動詞可以改變爲過去完成式，或保持不變。例如：

2. He *said* that when he was living/lived in Taipei he *had often gone/often went* to the zoo.

(C) 如引述句中的過去式對過去情況的描述至今仍然有效或存在的，過去式保持不變。例如：

He said,"I *decided* not to buy that six-room apartment because it *was* in the downtown area." 他說:「我決定不買那幢六個房間的公寓。因爲它在市中心區。」→

He *said* that he *had decided* not to buy that six-room apartment because it *was* in the downtown area. 他說他決定不買那幢六個房間的公寓，因爲它在市中心區。（房子現在還是在市中心區）

(D) 引述句中之假設時式不變。例如：

1. The student *said*,"I *wish* I *didn't have* to take the exam." 這個學生說:「但願我不必參加這次考試。」 →

   The student *said* that he *wished* he *didn't have* to take the exam. 這學生說但願他不必參加這次考試。

2. She *said*,"If I *tried* harder I *might succeed*." 她說:「如果我更努力些我可能會成功。」→

   She *said* that if she *tried* harder she *might succeed*. 她說如果她更努力些她可能會成功。

(5) 如報導動詞為過去式，*might*、*should*、*ought to*、*would*、*used to* 在間接陳述句中不變。例如：

1. He *said*,"Peter *might come* in the afternoon." 他說:「Peter 下午可能會來。」→

   He *said* that Peter *might come* in the afternoon. 他說 Peter 下午可能會來。

2. She *said*, "They *should／ought to be* on time". 她說:「他們應該準時的。」→

   She *said* that they *should／ought to be* on time. 她說他們應該準時。

3. He *said*, "I *would like* to see Alice." 他說:「我想見 Alice。」→

   He *said* that he *would like* to see Alice. 他說他想

見 Alice.

4. They *said*,"We *used to* go fishing on Sundays."

他們說:「我們以往星期天常去釣魚。」

They *said* that they *used to* go fishing on Sunday.　他們說他們以往星期天常去釣魚。

(6)　如報導動詞為過去式, 引述句中之 *must* 各種用法 (如推斷／命令／禁令) 保持不變。*must* 表示義務／責任 (亦即表示「必須」) 時, 可以不變。但, 也可變為 *had to* 或 *would have to*(原句為將來語意)。例如:

1. She *said*,"He *must be* very busy."　她說:「他一定很忙。」(推斷) →

She *said* that he *must be* very busy.　她說他一定很忙。

2. I *said*,"This door *must* always *be kept* open."　我說:「這扇門永遠都得打開。」(命令) →

I *said* that this door *must* always *be kept* open. 我說這扇門永遠都得打開。

3. She *said*,"You *mustn't go* into the conference room."　她說:「你不可進入會議室。」(禁止／禁令) →

She *said* that I *mustn't go* into the conference room.　她說我不可進入會議室。

4. He *said,*"I *must* wash the dishes."　他說:「我必須洗碗。」(必須) →

He *said* that he *had to* wash the dishes.　他說他

必須洗碗。

5. She *said*,"I *must* send Tom some money next week." 她說:「我下週必須寄點錢給 Tom。」(必須) →
She *said* that she *would have to* send Tom some money the following week. 她說她下週必須寄點錢給 Tom。

needn't 可變為 *didn't have to* 或 *wouldn't have to*.例如:

6. He *said*,"You *needn't* stay at home." 他說:「你不必待在家裏。」→
He *said* that I *didn't have to* stay at home. 他說我不必待在家裏。

7. He *said*,"I *needn't go* to the bank tomorrow." 他說:「明天我不必去銀行。」→
He *said* that he *wouldn't have to* go to the bank the next day/the following day. 他說他明天不必去銀行。

(7) 間接引述中之人稱亦應適當地改變。例如:
He said,"*I* am a student."→
He said that *he* was a student.
其他更多的例子參看(1)-(6)各例句。

(8) 其他時間詞語、方向(deictic)及地方詞語, 按以下的方式改變。

直接引述	間接引述
this	that

these	those
here	there
today	that day
yesterday	the day before/the previous day
the day before yesterday	two days before
tomorrow	the next day/the following day
the day after tomorrow	in two days' time
last night	the night before/the previous night
ago	before
next week/year 等	the following week/year 等
last week/year 等	the previous week/year 等
a year ago	a year before/the previous year

例如:

1.　"I will work overtime *tomorrow*," he said.　他說:「我明天會加班。」 →

　　He said that he would work overtime *the next day*.

2.　She said,"I paid the rent *the day before yester-day*."　她說:「我前天已經交了房租。」 →

　　She said that she had paid the rent *two days before*.

14.3 間接（引述）問句

　　有關代名詞、時式及時間等用語的對應改變規則，間接問句與間接陳述句相同。間接問句之報導動詞為 *ask*, *wonder*（有時也可用 ***want to know***），其後不接 *that*，原句的問號改為句號。

　(1)　如引述者原為 *yes-no* 問句，引述動詞後面接 *if* 或 *whether*。例如：

　　1.　"Do you want to go shopping?" she asked.　她問（我）說：「你想去買東西嗎？」

　　　　She asked *if ／ whether* I wanted to go shopping.
　　　　她問我是否想去買東西。

　　2.　"Did you see Tom?" he asked.　他問我說：「你見到 Tom 嗎？」 →

　　　　He asked (me) *if ／ whether* I had seen Tom.
　　　　他問我有沒有見到 Tom。（間接受詞［被問者 me］也可加在 ask 後面）

　(2)　如引述者原為 *wh*-問句，報導動詞後用相同的疑問詞。例如：

　　1.　He asked, "What do you want?"　他問（我）說：「你想要什麼？」 →

　　　　He asked (me) *what* I wanted.　他問我想要什麼。

　　2.　She asked, "Tom, what did you see?"　她問 Tom 說：「Tom，你看見些什麼？」 →

She asked Tom *what* he had seen.　他問 Tom 看見些什麼。

(3)　注意：間接問句中的字序與陳述句相同，並不倒裝，亦即主詞在前，動詞在後。試比較：

1.　*"Did you see* Tom?" he asked.→

　　He asked if *I had seen* Tom.

2.　He asked, "What *do you want?*→

　　He asked (me) what *I wanted*.

14.4　間接（引述）命令、請求及勸告

命令句（祈使句）、請求句及勸告句的間接引述形式是：

表示 ⎰ 命令 ⎱ 的動詞＋受詞＋不定詞
　　⎱ 請求 ⎰
　　　 勸告

例如：

1.　He said, "Sit down, Peter."　他說：「Peter, 你坐下來。」（命令）→

　　He *told Peter to sit* down.　他吩咐 Peter 坐下來。

2.　He said, "Stand up."　他說：「站起來。」（命令）→

　　（因為原命令句提及對話者，因此間接引述時要加上對話者，通常是 me，因為原句的主詞為 *you* stand up.）

　　He *told me to* stand up.　他叫我站起來。

3.　He said, "Could you write me a letter?"　他說：「你

可以給我寫一封信嗎?」（請求）→

He *asked me to write* him a letter.　他請求我寫一封信給他。

4.　She said,"Why don't you take a rest."　她說:「你為什麼不休息一下?」（勸告; 勸我休息一下）→

She *advised* me to take a rest.　她勸我休息一下。

注意: ask 之主詞如與直接引述的句子主詞為同一人時，其後可直接接 see, talk to, speak to 的不定詞。例如:

5.　He said,"Could I talk to Jim?"　她說:「我可以跟 Jim 說話嗎?」（請求）→

He *asked to talk* to Jim.

表示命令的報導動詞常用的有 *tell*、*command*、*forbid*（禁止）、*order* 等。

表示請求的報導動詞常用的有: *ask*、*beg*、*request* 等。

表示勸告的報導動詞常用的有: *advise*、*warn*、*urge*、*encourage* 等。

這些間接句式的否定式通常為 not＋不定詞。例如:

6.　He said,"*Don't* stand up."　他說:「你不要站起來。」→

He told me not to stand up.　他叫／吩咐我不要站起來。

14.5　間接（引述）感嘆句

感嘆句在間接引述中必須改為陳述句，取消感嘆號。同時並使用

適當的報導動詞。例如：

1. He said,"What a good idea (it is)!". 他說：「（這是）多麼好的主意呀!」→

   He *exclaimed* that it was a good idea. 他大聲說這是個好主意。

句1也可以用 with an exclamation of delight/horror/relief 等來引導。例如：

2. With an exclamation of delight he said that it was a good idea. 他高興地叫喊著說這是個好主意。

其他的例子如：

3. She said,"Thank you!". 她說：「謝謝你!」→
   She *thanked* me. 她感謝我。

4. He said,"Damn you!" 他說：「去你的。」→
   He *cursed* me. 他咒罵我。

5. She said,"Happy New Year!" 她說：「新年快樂!」→
   She wished me a happy New Year. 她祝我新年快樂。

6. They said,"Congratulations!" 他們說：「恭喜你!」→
   They congratulated me. 他們恭喜我。

14.6　間接（引述）建議句

建議句通常用 *suggest*＋that 子句或 *suggest*＋V-ing 來報導。例如：

1. He said,"Let's put the book on the shelf." 他說：

「我們把書放在書架上吧!」→

He *suggested putting* the book on the shelf.

或 He *suggested that* they/we (*should*) *put* the
book on the shelf.　他建議把書放在書架上。

2.　She said, "Why don't you sit down?"　她說:「你坐下
來吧。」→

She *suggested my sitting* down.

或 She *suggested that* I (*should*) *sit* down.　她建
議我坐下來。

14.7　*yes* 與 *no* 的間接引述

間接句式中, 對原句的 *yes* 與 *no* 可用主詞＋適當的動詞來表示。
例如:

1.　He said, "Do you like it?" and I said, "*No.*".
他說:「你喜歡 (它) 嗎?」而我說:「不。」→
He asked me if I liked it and I said *I didn't*.
他問我喜不喜歡 (它) 而我說不喜歡。

2.　He said, "Will you be on time?" I said, "*Yes.*"
他說:「你會準時嗎?」我說:「會的。」→
He asked me if I would be on time and I said *I
would*.　他問我是否會準時而我說我會。

14.8　不止一個間接子句要引述時

通常間接句式中，要引述兩個或兩個以上的子句時，每個子句（如為不同的類別）都應有自己的引導動詞。例如：

1. He said to her,"I don't know the teacher's address. Do you?"　他對她說：「我不知道老師的地址。你知道嗎?」（陳述＋問句）　→

   He **said** (to her) that he didn't know the teacher's address and **asked** if she knew it.　他說他不知道老師的地址，並且問她知不知道。

2. She said,"The teacher is coming. Sit down."　她說：「老師來了。你坐下來!」（陳述句＋命令句）　→

   She **said** that the teacher was coming and **told** me to sit down.　她說老師來了，並且叫我坐下來。

《做練習下冊，習題 17》

第十五章

介副詞與片語動詞
(Adverbial Particles and Phrasal Verbs)

15.1 介副詞(Adverbial Particles)

很多介詞常常也可以當作副詞使用。例如:

1. He is *in* the room. 　(介詞用法)
2. The book is *on* the table. 　(介詞用法)
3. I want him to come *in*. 　(副詞用法)
4. The show must go *on*. 　(副詞用法)

例 3 與 4 兩句中,*in* 與 *on* 後面並沒有受詞,其功能很明顯地是修飾 come 及 go,使 come in 變成「進入／來」,go on 變成「繼續」之意。這種兼具介詞與副詞特性的語詞,也稱為「介副詞」(adverbial particles)。

介副詞與介詞相似,經常與動詞連用,成為「片語動詞」(phrasal verb)。

注意: 有些文法書及字典並不區分副詞與介副詞,而一律稱之為副詞。

15.2 片語動詞(Phrasal verbs)

在英語裏，有好些動詞＋介詞／副詞（介副詞）的組合，其功能與一個單字動詞一樣。試比較：

1. She said she **couldn't stand** him. 她說她無法忍受（受不了）他。

2. She said she **couldn't put up with** him. 她說她無法忍受他。

3. The wet weather **may continue**. 下雨的天氣可能會延續下去。

4. The wet weather **may go on**. 下雨的天氣可能會延續下去。

在這四句中 stand 與 put up with 並沒有差異，go on 也等於 continue。因此，我們常把 put up with 及 go on 當作一個動詞，稱之為「片語動詞」(phrasal verb)。

在現在英語中，片語動詞使用非常普遍，是我們學英語時相當重要的一環。我們應特別注意。

片語動詞可以是及物的用法，如上面例2之 put up with，也可以是不及物的用法，如上面例4之 go on。至於某一片語動詞是「動詞＋介詞」，或是「動詞＋副詞」（或介副詞）組成，並不是最重要的問題。重要的是，我們要把這詞組看作是一個整體，一個動詞。

另外，有些片語動詞的受詞只能置於整個片語之後面。例如：

5. We are looking for **the key**. 我們正在找鑰匙。（不可說成：＊We are looking the key for.）

但是，有些片語動詞則容許其受詞置於其動詞後面，亦即是插在片語的中間。例如：

    6.   He turned off *the radio*.　　他把收音機關了。

    7.   He turned *the radio* off.

如受詞為代名詞時，置於類似例 5 的片語動詞之後。例如

    8. We are looking for *it*.

但必須插入類似例 6 的片語動詞的中間，緊接其動詞。例如：

    9. He turned *it* off.

這一點，是學習及使用片語動詞時應該注意的重要事項之一。類似例 6、7 之片語動詞可稱為「可分」(separable)片語動詞。類似例 5 之片語動詞可稱為「不可分」(non-separable)片語動詞。

15.3　常用的片語動詞

在這一節中，我們列舉一些常用的片語動詞，作為例子以及初步學習之範圍。在舉例時，我們以下列方式標示出：

(1)　及物或不及物的用法。例如：

    go on（不及）；turn off（及）

(2)　片語動詞是否「可分」。即受詞是否可插入片語中間。例如：

    turn (sth) off; call (sb) up

    (sth＝something；sb＝somebody)

有關片語動詞詳盡的項目及例子，請參看編寫非常精良完善的 ***Longman Dictionary of Phrasal Verb*** (朗文英文雙字動詞片語辭典)。(臺北：文鶴出版有限公司，1983；Taiwan edition authorized by Longman Group Ltd.)

(be) *absorbed in* 專注於……; 全神貫注

The writer *was absorbed in* his work. 這作家全神貫注在他的工作。

abstract from (及) 抽取; 摘要 abstract (sth) from

The scientist *has abstracted* a new medicine *from* several ordinary substances. 這位科學家已經從幾種普通物質中抽取一種新藥來。

This short passage *is abstracted from* a chapter of this book. 這段短文是從這本書中的一章摘要出來的。

account for (及) 解釋

I think she has to *account for* her negligence. 我認為她必須對她的疏忽提出解釋。

ask after (及) 問候

I saw Jane yesterday. She *asked after* you. 昨天我見到 Jane.她問候你。

ask for (及) 請求，要求

I *asked for* more money. 我要求更多的錢。

ask sb in／out (及) 請某人進入／外出（娛樂或用膳）

Tom didn't *ask* me *in*；I had to stand at the door for twenty minutes. Tom 沒有請我進去；我得在門口站二十分鐘。

He has never *asked* me *out*. 他從來都沒請過我出去玩。

back up (及) 支持 back (sb) up

The voters *backed up* Peter. 選民們支持 Peter.（They *back* Peter／him *up*.）

be against　（及）　反對

I am against this project.　我反對這個計畫。

be back　（不及）　回來

I'll be back at seven.　我七點鐘會回來。

be over　（不及）　結束

The game will be over soon.　這遊戲／比賽很快就會結束。

be up to　（及）　勝任，做得到

She ***is*** not ***up to*** such hard work.　她做不來這種辛苦的工作。

bear out　（及）　證實　bear (sth) out

His experiment ***bears out*** this new theory.　他的實驗證實了這種新理論。（...bears this new theory／it out）

beg for　（及）　懇求，乞求，討

The old man ***was begging for*** some food.　那個老人正在向人討食物

believe in　（及）　相信

Do you believe in ghosts?　你相信有鬼嗎？

blow out　（及）　吹熄　blow (sth) out

He just ***blew out*** the candle.　他剛把蠟燭吹熄了（...blew the candle／it out.）

blow up　（及／不及）　炸毀／爆炸　（及）　blow (sth) up

The soldiers ***blew up*** the bridge.　士兵們把橋炸毀（...blew it up）

（不及）　The boiler ***blew up***.　鍋爐爆炸了。

break down　（及）　打破　　break (sth) down

They ***broke down*** the door.　他們把門打破了。（...broke the door／it down）

break down　（不及）　損壞，崩潰

The printer ***broke down*** yesterday.　印表機昨天壞了。

When I told him the bad news he ***broke down*** and cried.　當我告訴他這壞消息時，他忍不住哭起來。

break in　（不及）　闖入

The thief ***broke in*** and stole almost everything.　小偷闖進來，把差不多所有的東西都偷走。

break into　（及）　闖入

The thief ***broke into*** the house.　小偷闖進屋子裏。

break out　（不及）　（戰爭、災難等）開始，爆發

The war ***broke out*** on September 18.　戰爭在九月十八日爆發。

break up　（及）　弄破碎，分裂　　break (sth) up

Divorce ***breaks up*** a great number of families.　離婚使很多家庭破碎（...breaks a great number of families／them up）

break up　（不及）　分開，分手

I heard that Nancy and Tom ***broke up***.　我聽說 Nancy 與 Tom 分手了。

bring up　（及）　教養，養育　　bring (sb) up

His aunt ***brought up*** six children.　他的嬸嬸帶大了六個孩子。（...brought six children／them up）

bring up　（及）　提起，提及　　bring (sth) up

I don't think we need to ***bring up*** his past.　我認爲我們不必提起他的過去。(...bring his past／it up)

burn down　（及）　全部焚毀　　burn (sth) down

They ***burned*** down the church.　他們把教堂燒毀。(...burned the church／it down)

call for　（及）　需要

This ***calls for*** immediate action.　這需要立刻的行動。

call off　（及）　取消　　call (sth) off

We will not ***call off*** the meeting.　我們不會取消這次會議。(...call the meeting／it off)

call up　（及）　打電話給某人　　call (sb) up

She ***called up*** the manager.　她打電話給經理。(...called the manager/him up)

care about　（及）　感興趣，關心，喜歡

I don't ***care about*** his opinion.　他的意見我不感興趣。

I ***care about*** my students.　我關心我的學生。

care for　（及）　喜歡

She doesn't ***care for*** pop music.　她不喜歡流行音樂。

carry on　（不及）　繼續（非正式）

Don't let him interrupt you, just ***carry on***.　別讓他打擾你，繼續（做／說）下去。

carry out　（及）　執行，實現，服從　　carry (sth) out

You must ***carry out*** my instructions.　你必須服從我的指示。(...carry my instructions／them out)

catch up with　（及）　趕上（但不超越）

She works hard so that she may ***catch up with*** the other students in the class.　她用功唸書爲了要趕上班上其他的學生。

clean out　（及）　徹底清理　clean (sth) out

I want you to ***clean out*** your room.　我要你把你的房間徹底地打掃清潔。（...clean your room／it out）

clean up　（及）　清理　clean (sth) up

Would you please ***clean up*** all the mess in the room. 請你把房間雜亂的東西清理一下。（...clean all the mess／it up）

clear away　（及）　清除　clear (sth／sb) away

He has just ***cleared away*** all these papers.　他剛剛已經把所有這些文件清除掉。（...clear all these papers／them away）

The police has ***cleared*** the crowed ***away***.　警方已經把群衆驅除。

clear out　（及）　清理，清除　clear (sth) out

I am going to ***clear out*** the cupboard.　我要把碗櫃清理。（...clear the capboard/it up）

clear up　（不及）　（指天氣）放晴，轉晴

It is still raining now but I think it will ***clear up***.　現在還在下雨，但我想會轉晴的。

clear up　（及）　完成

I have to ***clear up*** the rest of my work before I go

home.　在回家之前，我必須把剩下的工作做完。

close down　（不及）　關門，停業

The store will *close down* in a few days.　這店子幾天以內就會關門停業了。

（及）　　close (sth) down

They plan to *close down* two of their branches.　他們計畫把兩家分店關掉。(...close two of their branches／them down)

come about　（不及）　發生

How did it *come about*?　這事怎麼樣發生的?

come across　偶然遇到或找到

I came across this old notebook in the drawer.　我在抽屜裏偶然找到這本舊筆記簿。

We *came across* a beggar outside the post office.　我們在郵局門口碰到一個乞丐。

It *came across* one's mind that...　想起

It *came across* my mind that I had seen this man before.　我想起我見過這個男人。

come away　（不及）　掉下，脫落

The doorknob *came away* from the door.　門的把柄從門上脫落了。

come in　（不及）　進入

Come in, please.　請進

come off　（不及）　發生，舉行

Their wedding *came off* as planned.　他們的婚禮照計

畫舉行。

come around / round　　（不及）　改變主張或立場

Don't worry about Tom.　He'll ***come around***.　不必擔心 Tom，他會改變主意的。

come around / round 或 ***come to***　　（不及）　甦醒

The girl fainted, but she ***came around*** when the ambulance arrived.　那個女孩子暈倒了，但當救護車來到時，她甦醒過來。

come up　　（不及）　被提出

Your question ***came up*** in the staff meeting.　在員工會議中你的問題被提起。

come up with　　（及）　想出

When I asked her why she was absent yesterday, she couldn't ***come up with*** an answer.　當我問她為什麼昨天缺席時，她答不上來。

cut down　　（及）　減少

They plan to ***cut down*** the factory's production.　他們打算減少工廠的生產。

cut off　　（及）　中止，切斷供應　　cut (sth) down

If we don't pill our bill, they will ***cut off*** our electricity supply.　如果我們不交電費，他們就會切斷電力供應。(...cut our electricity supply／it off)

cut out　　（及）　刪掉，省畧　　cut (sth) out

You should ***cut*** the last sentence ***out*** from the paragraph.　你應該把這段落的最後一句刪掉。(...cut it out)

devote to　（及）　致力於，獻身於

He has ***devoted*** his whole life ***to*** helping the poor.　他一生都致力於幫助窮人。

do away with　（及）　廢除

We should ***do away with*** the old regulations.　我們應該廢除這些舊規則。

do without　（及）　無需、不用（某些事物仍能應付得了或繼續過下去）

You are too fat; you should learn to ***do without*** too much sugar.　你太胖了，應該學學不吃太多的糖。

draw up　（及）　草批，擬定

The lawyer ***drew up*** a contract and they both signed it.　律師擬了一份合約，他們雙方都簽了名。

drop in　（不及）　（不事先告訴的）拜訪

Drop in to see us when you come to Taipei.　你來臺北時，請來看我們。

drop out　（不及）　不參加，離去

One of the athletes ***dropped out***.　運動員當中有人退出比賽。

Tom ***dropped out*** of high school when he was fifteen.　Tom 十五歲時就從中學輟學。

fall behind　（不及）　落後，拖欠

Hurry up! We ***are falling behind***.　趕快！我們落後了。

You are not supposed to ***fall behind*** with the rent.　你不應該拖欠房租。

be *fed up with*　（及）　受夠了，厭煩

I *am fed up* with Harry . I am not going to talk to him any more. 對於 Harry，我眞是受夠了，我再也不跟他說話了。

fill in; *fill out*　（及）　填寫（表，文件等）

You have to *fill in* ／ *out* all these forms. 你必須把所有這些表格都填寫好。(...fill all these forms ／ them out ／ in)

find out　（及）　查出

Did you *find out* what was wrong with my TV set? 你有沒有查出我的電視機有什麼毛病？

get away　（不及）　逃掉，脫逃，走開

Can you *get away* for a while? 你可以走開一會嗎？

There's no way that he can *get away from* the guards. 他無法逃得過衛兵（的看守）。

get away with　（及）　做了不好或錯誤或非法之事而不被懲罰

Can you really *get away with* cheating? 你眞的能夠欺騙別人而不受懲罰嗎？

get back　（及）　復得，找回　get (sth) back

Don't lend him any money. You'll never *get* it *back*. 不要借錢給他。你永遠都要不回來的。(...get your money back ／ get back your money)

get back　（不及）　回，回家

When will you *get back*? 你什麼時候回家？

get by　（不及）　渡日，過生活

How can I *get by* on such a small monthly income?
靠這麼微薄的月薪我如何過活?

get behind（＝fall behind）　落後，拖欠（參看 fall behind）

get over　（及）　康復，恢復

She *is getting over* a recent heart attack.　她最近心臟病發作，現正康復中。

get through（及）　做好，完成　　get（sth）through

She is glad to *get* her job *through*.　她很高興能做完她的工作。

get through　（不及）　接通電話

I have been trying to call John but I just can't *get through*.　我一直想打電話給 John，可是就是打不通。

get up　（不及）　起床

He usually *gets up* at 6: 30.　他通常六點半起床。

give away　（及）　贈予　　give（sth）away

He wants to *give* his old TV set *away*.　他想把他的舊電視贈予別人。（...give away his old TV set／give it away）

give sb *away*　（及）　暴露出，顯示出（眞實身分），露出馬脚

She said she was from Boston but her accent *gave* her *away*.　她說她來自波士頓，但她的口音使她露出馬脚。（她不是波士頓人，說話的口音也沒有波士頓的口音）

give in　（不及）　屈服

He never *gives in* without a fight.　他永遠不會不抗爭而屈服。

give up　　（不及）　放棄

Don't *give up* without trying.　不要不經一試就放棄。

（及）　放棄　give (sth) up

We *gave up* the project.　我們放棄了這計劃。（...give the project/it up）

give oneself up　　（及）　投降，自首

He *gave himself up* to the police.　他向警方自首。

go after　　（及）　追踪，追求（以...爲目標）

They *went after* the thief, but he managed to get away.　他們追踪那個小偷，但是他還是逃掉。

Tom thinks that he should *go after* better grades this semester.　Tom 認爲他這個學期應該以得更高分數爲目標。

go ahead　　（不及）　進行，繼續，開始

If I am not back by two o'clock, you *go ahead* without me.　如果到兩點我還沒回來的話，你們就開始，不必管（等）我。

go away　　（不及）　離開，走開

Don't *go away*, I'll be right back.　別走開，我馬上回來。

go off　　（不及）　爆炸，走火

The gun *went off* by accident.　這枝槍走火了。

go on with　　（及）　繼續

I decide to *go on with* this treatment.　It is doing me good.　我決定繼續做這種治療，它對我有好處。

go on＋動名詞　　繼續做（動名詞的動作）

The teacher *went on* talking.　老師繼續在講。

go over　（及）　　檢查，審閱

We *went over* the car but found nothing wrong with it.　我們檢查過車子，但找不出有什麼毛病。

Could you *go over* these two pages and see if there is any typographical error in it?　能否請你仔細審閱一下這兩頁，看看是否有任何印刷（打字）上的錯誤？

go through　（及）　　徹底檢查

I *went through* all my files but I still couldn't find the letter.　我徹底檢查我所有的檔案，但還是找不到那封信。

go through　（及）　　受苦，忍受

He *has gone through* a lot ever since his mother died.　自從他母親去世之後，他吃過不少苦。

go through with　（及）　　完成，做完

Do you intend to *go through with* this plan?　你打算完成這個計畫嗎？

go up　（不及）　　上漲（指價格）

The price of milk *went up* last week.　上週牛奶的價格上漲了。

grow up　（不及）　　長大（成人）

He wants to be a scientist when he *grows up*.　長大以後他想當科學家。

hand down　（及）　　傳給（下一代，後來者）

This custom *has been handed down* since the 14th century.　這風俗是從十四世紀傳下來的。

hand in （及） 提出，交　　hand (sth) in

You must *hand in* your homework tomorrow. 你明天
必須交功課。(...hand your homework/it in)

hand out （及） 分發　　hand (sth) out

The teacher *will hand out* question papers to the stu-
dents when they enter the examination room. 當學生
走進試場時，老師會把試卷分發給他們。(...hand question
papers/them out...)

hang around / about （及） 閒待著，無所事事逗留在某處

He used to *hang around* the pub. 他常無所事事的待在
那小酒吧裏。

（不及） I *hang around* for a while but I didn't see
Tom. 我無所事事地待了一會，但是沒見到 Tom。

hold on （不及） 等待（常用於通電話時請對方等候）

Hold on! Peter just came in. I'll get him for you.
請等一下，Peter 剛來，我替你接過去給他/叫他來聽。

hold up （及） 攔路搶刧　　hold (sb/sth) up

The gangsters *held up* the train and took all the
money. 匪徒們攔住火車，刧走所有的錢。(...held the
train/it up...)

They *held up* the passengers as hostages and demand
a million dollar. 他們刧持乘客作人質，並且要求一百萬元。

hold up （及） 使延遲，使停止，受阻滯

We were *held up* on the road by a traffic accident.
我們因爲一件交通事故而阻滯在路上。

involve in　（及）　牽涉

> Don't *involve* me *in* whatever you are doing.　你現在做什麼都別把我牽扯進去。

> A bus and a bicycle *were involved in* that accident.　那件意外事件牽涉一輛巴士與一輛自行車。

keep off　（及）　遠離，不接近

> Please *keep* the children *off* that construction site.　請不要讓小孩們走近那個工地。

keep on＋動名詞　繼續

> We *kept on* doing basic research.　我們繼續做基礎研究。

keep up with　（及）　趕上

> It is not easy to *keep up with* the fast development in this field.　要趕上這一學問的快速發展並不是很容易的一回事。

knock out　（及）　擊昏　knock (sb) out

> The boxer *was knocked out* in the third round.　這拳擊手在第三回合被擊昏了。

let sb *down*　（及）　使某人失望

> He said he never *let* his father *down*.　他說他從未讓他父親失望。

let in　（及）　讓／准許進入　let (sb) in

> They *let in* the younger students.　他們讓比較小的學生進入。（...let the younger students／them in）

live on　（及）　吃，以…為食物

> Giraffes *live on* leaves of tall trees.　長頸鹿以高樹上的

葉子爲食物。

look after　　(及)　照顧

I promised him to **look after** his younger brother.　我
答應他照顧他弟弟。

look at　　(及)　看，注視

Don't **look at** him.　別看他！

look back　　(不及)　回顧，回想

When I **look back**, I think I did have a good time
then.　回想起來，我認爲當時我是玩得很開心。

look for　　(及)　尋找

They **are looking for** the child.　他們正在尋找那個小
孩。

look forward to　　(及)　盼望，期望

I **am looking forward to** seeing him next week.　我期
望下週見到他。

look into　　(及)　調查

The police **are looking into** this case of murder.　警
方正在調查這件謀殺案。

look out　　(及)　小心，當心

Look out! There's a truck on your right.　小心！你右
方有部貨車。

look up　　(及)　查 (單字字義，地址，電話號碼，班車時間等)

look (sth) up.

I have to **look up** this new word in the dictionary.　我
得在字典中查一查這個生字。(...look this new word／it

up...)

look up to　（及）　敬重，尊敬

Children often ***look up to*** their teachers.　小孩通常敬重他們的老師。

（反義詞）***look down on***　看不起

make out　（及）　了解，辨認出，分辨

I can't ***make out*** how she did it.　我沒法了解她是如何做到的。

make up one's mind　決心，拿定主意

I ***made up my mind*** to participate in the debate.　我決心參加辯論。

make up (a story 等)　捏造，虛構

Don't ***make up*** any excuse, I won't believe you.　別捏造什麼藉口了，我不會相信你的。

move in　（不及）　搬入，遷進

When is he going to ***move in***?　他什麼時候要搬進來？

（反義詞）　move out

pick out　（及）　選出，找出　　pick (sth) out

The director tried to ***pick out*** the best actors for the play.　導演想為這部戲選出最好的演員。(...pick the best actors／them out...)

pick up　（及）　撿，拾，舉起　　pick (sth) up

He ***picked up*** the coin from the floor.　他從地板上把硬幣撿起來。(...pick the coin／it up)

pull down　（及）　拆除　　pull (sth) down

This house is too old; we have to *pull* it *down* and build a new one. 這房子太舊了，我們得把它拆除，另建一幢新的。(...pull the house down／pull down the house)

put away （及） （把東西）收拾，整理 put (sth) away

The mother told her children to *put away* their toys. 母親叫她的孩子們把玩具收拾好。

put sth *back* （及） 放回原處

After you finish reading this magazine, please *put* it *back* on the shelf. 你看完這本雜誌以後，請把它放回書架上。

put down （及） 寫下來 put (sth) down

You should *put down* every single word she says. 你應該把她所說的每一個字都記下來。(...put it down)

put forward （及） 提出

The government *has put forward* a plan for controlling air pollution. 政府已經提出一個控制空氣污染計畫

put off （及） 延期，展緩

The meeting has been *put off*. 會議已經延期了。

put on （及） 開（燈，收音機等） put (sth) on

Please *put on* the light. 請開燈。(...put the light／it on)

put up with （及） 忍受，容忍

I think I can't *put up with* such terrible working conditions. 我想我無法忍受這麼糟糕的工作環境。

run away （不及） 逃走

She has just *run away* from home. 她剛剛離家出走。

run down　（不及）　（發條，電力等）走完或變弱，用完

> The clock stops; I think the battery ***has run down***.
> 這個鐘停了，我想電池用完了。

run into／across　（及）　碰到，不期而遇

> I ***ran into*** Mr. Carson when I was in town the other day.　前幾天我在城裏碰到 Carson 先生。

run over　（及）　輾過

> The truck ***ran over*** a dog.　那輛貨車輾過一隻狗。

see sb ***off***　給某人送行

> We ***will see*** our boss ***off*** at the airport tomorrow.　明天我們會到機場給我們老闆送行。

see sb ***out***　送某人至門口

> My secretary ***will see*** you ***out***.　我的秘書會送你到門口。

sell out　（不及）　售完

> All the tickets ***have sold out***.　所有的車票都售完了。
> （及）We ***have sold out*** all the tickets.　我們已經售完所有的票了。

send for　（及）　召喚

> This man has been hurt. We have to ***send for*** a doctor.　這個男人受了傷，我們得叫醫生來。

set off／out　起程，動身

> When will we ***set off／out***?　我們何時出發?

set up　（及）　建立

> We want to ***set up*** a special school for mentally retarded children.　我們想為智障兒童建立一所特殊學校。

shut down （及） 關門，停業

We plan to ***shut down*** one of our branches. 我們打算關掉我們的一間支店。

sit up （不及） 很晚仍不睡

He ***sat up*** until 2 a. m. the night before the exam. 考試前一天晚上他一直撑到半夜兩點。

stand by sb （及） （繼續）支持某人

Don't worry. We'll ***stand by*** you. 不要擔心，我們會支持你。

stand for （及） 代表

The acronym NATO ***stands for*** North Atlantic Treaty Organization. 首字母署語 NATO 代表北大西洋公約組織這幾個字。

take after （與父母等）像

She ***takes after*** her mother. 她像她母親。

take back （及） 收回，撤回（說話或控訴）

I'll never ***take back*** what I said. 我絕不會收回我所說過的話。

take off （及） 脫下　　take (sth) down

He ***took off*** his sweater. 他脫下毛衣 （...took his sweater／it of)

take off （不及） （飛機）起飛

The plane didn't ***take off*** until 3 o'clock in the afternoon. 飛機到下午三點才起飛。

take over （及） 接辦，接收

The army **will take over** the place.　陸軍會接收這地方。

(不及) 接手　When will you be able to **take over** from the former chairman?　你什麼時候能夠來接手前任主席(的工作)。

take up　(及)　　佔 (時間, 場所)

I don't want to **take up** too much of your time.　我不想佔用你太多的時間。

talk over　(及)　討論　talk (sth) over

We will **talk over** that article in class.　我們會在班上討論那篇文章。(...talk that article／it over)

think over　(及)　考慮　think (sth) over

Let us **think over** his suggestion.　讓我們考慮一下他的建議。(...think his suggestion／it over)

throw away　(及)　拋棄, 丟棄　throw (sth) away

Let's **throws away** the old TV set.　讓我們把這部電視機丟掉吧。(...throw the old TV set／it away)

try on　(及)　試穿　try (sth) on

He likes that shirt and wants to **try** it **on**.　他喜歡那件襯衣, 想試穿一下。(...try on that shirt／try that shirt on)

turn down　(及)　拒絕, 駁回　turn (sb／sth) down

He never **turns** me **down**.　他從不拒絕我。

He never **turns down** my requests.　他從不拒絕我的要求(...turn my requests／them down)

turn in　(不及)　上床睡覺

It's late. I am going to **turn in**. 很晚了，我要睡覺了。

turn on 開（燈，收音機等） turn (sth) on

Please **turn on** the light. 請開燈。（...turn the light／it on）

（反義詞 turn off 關）

watch out （不及） 當心

Watch out! There's a car coming. 當心！有輛汽車來了。

write down （及） 寫下 write (sth) down

I want you to **write down** my phone number. 我要你把我的電話號碼寫下來（...write my phone number／it down）

《做練習下册，習題 18》

第十六章

連接兩句簡單句時語詞之省畧
(Abridgements in Combining Simple Sentences)

16.1　句中共有語詞的省畧

當兩個簡單句表示同意(agreement)或不同意(disagreement)時，兩句所共有的語詞通常應以適當方式省畧之，以避免重複。這些省畧法有以下幾種。

16.2　連接兩句表示同意的簡單句

⑴　兩句肯定句

⒜　肯定句＋and＋第二句主詞＋動詞＋too

例如：

1.　I am a teacher.
　　She is a teacher.　⎫→
　　⎭

　　I am a teacher, ***and she is*** too.　我是老師，她也是。

2. He likes physics.
   I like physics. } →

   He likes physics, **and I do** too. 他喜歡物理，我也喜歡。

3. They left early.
   She left early. } →

   They left early, **and she did too**. 他們早走，她也早走。

4. I will go tomorrow.
   She will go tomorrow. } →

   I will go tomorrow, **and she will too**. 我明天會去，她也會。

從以上例句我們可注意到以下幾點：

(a) 動詞爲 be 時，第二句之動詞仍用 be 動詞。

    如：I **am** a teacher, **and** she **is** too.

(b) 動詞爲含有助動詞組時，第二句仍用相同的助動詞。如：

    She **will** go, and I **will** too.

(c) 動詞爲普通動詞時，第二句用適當的 do 形式。如：They **left** early, and she **did** too.

(d) 除動詞與主詞外第二句中與第一句相同的語詞省畧。

這四點在以下各種方式中也適用。

(B) 肯定句＋and＋so＋動詞＋第二句主詞

    例如：

1. I am a teacher.　⎫
   She is a teacher.　⎬ →

   I am a teacher, ***and so is she***.　我是老師，她也是。

2. I like physics.　⎫
   He likes physics.　⎬ →

   I like physics, ***and so does he***.　我喜歡物理，他也喜歡。

3. They left early.　⎫
   We left early.　⎬ →

   They left early, ***and so did*** we.　他們早走，我們也早走。

4. She can swim.　⎫
   I can swim.　⎬ →

   She can swim, ***and so can I***.　她會游泳，我也會。

(2)　兩句否定句

(A)　否定句＋and＋第二句主詞＋動詞＋not＋either

例如：

1. I am not a student.　⎫
   He is not a student.　⎬ →

   I am not a student, ***and he isn't either***.　我不是學生，他也不是。

2. I don't like English.　⎫
   She doesn't like English.　⎬ →

I don't like English, **and she doesn't either**. 我不喜歡英文，她也不喜歡。

3. They didn't leave early. }→
   I didn't leave early.

   They didn't leave early, **and I didn't either**. 他們沒有早走，我也沒有。

4. I haven't seen Tom for a long time. }→
   Jane hasn't seen Tom for a long time.

   I haven't seen Tom for a long time, **and Jane hasn't** either. 我很久沒見過 Tom 了，Jane 很久也沒有見過 Tom。

(B) 否定句＋and＋neither＋動詞＋第二句主詞
例如：

1. I am not a student. }→
   She is not a student.

   I am not a student, **and neither is she**. 我不是學生，她也不是。

2. She doesn't like chemistry. }→
   I don't like chemistry.

   She doesn't like chemistry **and neither do I**. 她不喜歡化學，我也不喜歡。

3. I didn't see the movie. }→
   They didn't see the movie.

   I didn't see the movie, **and neither did they**. 我

沒看這電影，他們也沒有。

4. I won't help you.　　　　⎫
　 She won't help you.　　　⎭ →

　 I won't help you, **and neither will she**.　我不會幫
　 你，她也不會。

16.3　連接兩句表示不同意或反義的簡單句

　　以上 16.2 (A)之四點要點在連接兩句不同意或反義的簡單句時亦
適用。

(A)　肯定句＋but＋否定句主詞＋動詞＋not
　　例如：

1.　I was interested in music.　　　⎫
　　She wasn't interested in music.　⎭ →

　　I was interested in music, **but she wasn't**.　我對音
　　樂感興趣，但她卻不感興趣。

2.　I saw her yesterday.　　　　⎫
　　They didn't see her yesterday.　⎭ →

　　I saw her yesterday, **but they didn't**.　我昨天看見
　　她，但是他們沒看見她。

3.　He likes biology.　　⎫
　　I don't like biology.　⎭ →

　　He likes biology, **but I don't**.　他喜歡生物，但是我
　　不喜歡。

4. *I can swim.*
   He can't swim. } →

   I can swim, but he can't. 我會游泳，可是他不會。

(B) 否定句＋but＋肯定句主詞＋動詞

例如：

1. I am not a teacher.
   She is a teacher. } →

   I am not a teacher, *but she is*. 我不是一位老師，但她是。

2. They don't like jogging.
   I like jogging. } →

   They don't jogging, *but I do*. 他們喜歡慢跑，但我不喜歡。

3. We won't go tomorrow.
   He will go tomorrow. } →

   We won't go tomorrow, *but he will*. 我們明天不會去，但是他會。

4. I can't drive a car.
   He can drive a car. } →

   I can't drive a car, *but he can*. 我不會開車，但是他會。

《做練習下册，習題 19》

索 引 (Index)